徳間文庫

ある日 失わずにすむもの

乙川優三郎

徳間書店

ある日　失わずにすむもの

目次

どこか涙のようにひんやりとして

夕方から生演奏を聴かせるムーンパレスはハーバードや工科大学の学生に人気で、空調の頼りない地階のジャズバーに青白い顔が集まると脆弱なモヤシの穴蔵を見るようであった。実社会の汚れを知らずに発芽する彼らはマーキスの目に純粋培養の微生物のようにも見えて、背丈のあるわりに少しも頼もしくなかった。ドラッグと酒と血と汚穢の混じり合う悪臭や、盗品売買の現場の張りつめた空気を吸わせてやりたいと思うのは、そちら側にも多くの真実があるからであった。

サックスを吹くときに思い浮かぶのも貧民街の暗がりで、清潔な街ではない。境涯がジャズの道へ運んでくれたせいか、ジャズがそういう暗さを好むせいであろう。マーキスとジャズの出会いは古く、子供のころからライブスポットの駐車場で悪さをしていたのが縁のはじまりであった。

ある日の午後、開店前の駐車場で客を待っていると、通用口から出てきた男ふたりが音合わせをはじめて、そのうち遠目に見ていたマーキスを手招きして言った。

「坊や、草(マリファナ)があったら分けてくれないか」

「十一ドル、前払いだよ」

「いい値だな、十ドルならもらおう」

「今の曲をもう一度吹いてくれたら十ドルでいいよ」

男たちは顔を見合わせて音合わせを繰り返し、終わると金を払い、ふたりで一本を飲みまわした。トランペットの叫びより、テナーサックスの音色に人の祈りを聴くような霊妙な音楽を感じたマーキスは男にサイコロを見せながら、

「上物十本とその楽器を賭けないか」

そう言っていた。

「嫌だね、命を賭けるほど馬鹿じゃない」

サックス奏者が十字を切るそばでトランペッターは薄く笑っていた。

「今の曲はなんていうのさ」

「ザ・ウェイティングゲーム、ティナ・ブルックス、シャイで偉大な薬中(ドラギー)だったよ」

楽器というものに熱い興味を覚えたマーキスはその夜から店の壁に耳を当てるようになったが、テナーサックスの値段を知ると後ずさりした。生きることのむずかしさ

は知っていたが、まだ九歳であった。けれどもジャズとの縁はつづいて、彼の耳は磨(みが)かれ、中でも好きな流麗で甘美な音を吸収していった。音符を知り、楽器がなくてもできる曲作りを覚え、口の中で奏(かな)でた。そのうち生徒指導の教員が学習の便宜をはかってくれるという幸運に恵まれ、基礎を学んだ。むろん選んだ楽器はテナーサックスであった。子供用のサックスなどなかったから、彼は暇さえあれば掌を広げて指を引っ張った。同じ手に飛び出しナイフを握る夜もあった。

最も夢を見た時期が過ぎると、放課後の小遣い稼ぎではすまない現実が口を開けて待っていた。なんとしても食べて生きなければならない。といって逮捕歴のある高卒の黒人にまともな就職口は望めなかったから、彼はプロのジャズバンドについて技術を磨きながら、隠れてする場末でのライブやコカインの密売で家計を助けた。歳月は大きな変化もなく流れたが、気がつくといつのまにか弟も同じ人間になっていて、トロンボーンと銃で露命をつなぐ体(てい)たらくであった。

「人生を変えようと思うなら、まず家を出ることだな」

あるとき先輩のミュージシャンに言われた彼は真剣に考え、弟のジャランを誘ってブロンクスの生家を出た。四年前の初秋のことである。生家といっても古い安アパートで、失業者一家の財産といえば冷蔵庫くらいであった。酒浸りの父母はとっくに人生をあきらめていたし、働く気もなかった。養う義務は子供の方に生じて、四人の兄弟が親を助けていたが、甲斐のない奉仕であったから、やがてそれぞれの人生を考えるようになるのも自然のなりゆきであった。

親よりも楽器を愛していたマーキスとジャランにとっては人生の正念場で、マーキスがハイスクールの高学年のときに危険なアルバイトをして手に入れたテナーサックスと、ジャランがどこからか盗んできたらしい癖つきのトロンボーンが彼らの前途であった。ほかに恃(たの)めるものはなかった。

ブロンクスの家を出てゆくとき、兄弟のポケットには数十ドルずつしかなかった。連(つる)んできた土地の仲間と縁を切り、どうにか新生活の準備を終えて両親に当座の生活費を渡すと、頼りない自由が待つばかりであった。

ひとところに腰の据わらないミュージシャン仲間を頼ってボストンへ移ると、聞いていた話と違って、仕事はあるが転がり込む家がなかった。ひとりでも食べてゆけるピアニストの男はチャールズ川のほとりに気儘(きまま)に暮らしていたが、裕福とは言えず、女の同居人ができていた。女はお喋りな白人で、頭脳の街へようこそと言った。たしかに川向こうはハーバード大学とマサチューセッツ工科大学のあるケンブリッジ、こちらにはボストン大学とボストン美術館という学術の都(と)で、ブロンクスの息苦しい汚れは見当たらない。心機一転にふさわしい土地だとマーキスは感じた。

許された一週間の寄寓の間にムーンパレスの責任者と前借りの交渉をして、とりあえず簡易ホテルに暮らし、やがて学究の街の片隅に見つけた小さな貸家で兄弟は新しい生活をはじめた。バスと徒歩でムーンパレスへ通う毎日であった。二人を迎えてカルテットとなった新バンドの演奏は好評でファンもついたが、午後五時から十時まで断続的に勤めて一人五十ドルの出演料はつましい生活を保証するだけであった。たまにある時間外の演奏も特別な報酬にはならない。それでもマーキスは音楽だけで食べてゆけることに充たされていった。

「なにか昼の仕事はないだろうか」

とジャランは言った。新しいトロンボーンや車がほしいのだった。貧困と悪の呪縛から解放されてから、彼らはまともな夢を見るようになっていた。そのひとつが、いつか日本へゆくことであった。

「我々には思いつかない旋律だな、いったいどういう頭をしているんだか」

ピアニストのトニーが気に入ったのも日本のポップスで、マーキスがジャズにアレンジしたものをバンドでも使っていた。それが若い客にも新鮮な休らいを与えることが分かって、トニーたちもアレンジに乗り出した。しがないバンドにレコーディングの見込みはなかったが、とても愉しい作業で、日本の曲がどんどん自分たちの血肉になってゆくのがおもしろかった。少し古いメロディアスな曲を好んでアレンジしていたマーキスとジャランの夢は、日本の作曲家と組んで正真正銘のオリジナル曲を作り、アメリカをもう一度ジャズの音色で震わせることであった。

「そのうちブルーノートのプロデューサーがやってくるさ」

「大きく出たな」

マーキスは笑ったが、それくらいの夢がなくては生きてゆけない気がした。ハーバード出がよい仕事と恵まれた人生を保証されるなら、ブロンクス出には何をしても運命を切り開く能力があるはずであった。

家と職場を往復する生活は会社員と変わらないが、常に音楽を思う気持ちは特別なものであった。ひとかけらの美しい旋律が一日を明るくし、演奏中の小さな妥協がすべてを暗くする。五十ドルのための演奏ではなく、聴衆を魅了し、なにより自足する演奏でなければならない。そういうことはいちいち口にしなくてもジャランに伝わるようになって、二人は音を磨いた。すると肺のあたりから精神も磨かれてゆく気がした。生活を変えることが人間を変えることもあるのだとマーキスは実感した。

夜の八時をまわるとジャズバーはゆったりと酔ってくる。客も音も酔って、その日だけの人生の瞬間を彩る。うっとりする酔いは美しい音の連なりから生まれ、酒は助触媒(じょしょくばい)にすぎない。客は熱心にバンドを見ることはしないが、その表情を見れば至福の時間に酔っているのが分かるし、音で人とつながる感覚はミュージシャンの張り合いであった。

それぞれの楽器を全身で操るプレイヤーも酔っているかに見えて、赤いライトがよく似合う。ベースのモーリスが腰をくねらせ、ジャランが膝から反り返り、トニーが静かに揺れはじめる。マーキスは右の踵をあげて上体を屈伸するのが癖で、即興の音を入れることもあった。客は原曲を知らないし、異国のポップスを感じもしない。つまりは新鮮なジャズでしかなかった。

一晩に数回あるインターバルの十分で彼らは食事もトイレも済ませた。待遇はよいとは言えないが、危険のない仕事で、終わると一杯の酒のもてなしに与(あずか)った。その時間になるとバスの便が悪いので、楽器を持ち帰るマーキスとジャランは途中まで家路が重なるモーリスの車に便乗するか、地下鉄に頼った。半年に一度の両親への仕送りが重荷で中古の車を買う余裕もなかったし、家賃や保険も負担であった。突きつめれば食いつなぐことが人生であったが、そのための思考はむしろ単純で、冷蔵庫を満たして残った金を貯めるだけであった。それでも安定していると思わずにいられなかった。

いつからかジャランも貯金を愉しむようになって、田舎の高校生がするような小さなアルバイトを見つけてきたり、食事を工夫して倹約したりした。銃を隠し持っていたブロンクス時代には考えられなかったことで、変わってゆく弟を見るにつけてマーキスはこれが生活だと思った。だからジャランがどうしても新しいトロンボーンがほしいと言い出したとき、さらに食費を切りつめることになんの抵抗もなかった。ブロンクスを出てからパンと卵を切らしたことはなく、戸棚には缶詰が並んでいたし、庭には二人で丹精したキッチンガーデンもあった。そんなことが彼らには大きな前進の象徴でもあった。

五年目の春がきて、ジャランが光り輝くトロンボーンを手に帰郷すると、マーキスはトリオの演奏に物足りなさを覚えた。ジャランの音があっての躍動感であり、バリエーションであることに気づいたのはオーナーも同じで、早く呼び戻せということになったが、一週間の休暇を許したのも彼であった。リーダーのトニーが宥(なだ)めるついでに出演料の交渉をして、一人あたり一晩十ドルの上乗せに成功したのは奇跡のような出来事であった。彼らは十五ドルの祝杯を挙げて、五ドルずつホームレスに施した。

「なんだかいい気分だな」

「生まれて初めてだよ」

「またいいことがあるかもしれない」

そう言い合いながら、トリオのライブにも気持ちを乗せて、トロンボーンの帰りを待った。しかし予定より二日早くジャランが帰ってきたとき、彼の手にトロンボーンはなかった。

「返してきたんだ、利子をつけてね」

それでマーキスはすべて分かった。弟の照れ笑いを見るのは本当に久しぶりであった。

「友達に自慢したくて持っていったのかと思った、まあギャラも上がったことだし、またこつこつ貯めるさ」

「兄さんのお蔭だよ、あのまま家にいたら今ごろは刑務所に入っていたかもしれない」

「みんな元気にしてたか」

「相変わらずさ、分かるだろう、正直もう帰りたいとは思わない」

今も酒に溺れる両親は半病人のような暮らしぶりで、結婚して近くに暮らす姉が面倒を引き受けているが、犯罪組織に属して麻薬の密売を繰り返していた長男は数年前から姿を見せない。たぶんニューヨーク市内にはいないか、もう生きていないのだろう、とジャランは話した。

実家に寄りつかないのはマーキスも同じだが、名ばかりの親に仕送りのできる自分を守りたいし、今の暮らしを維持したかった。日当六十ドルの生活すら守れずに肉親を助けられるわけがなかった。そもそも人生を変えるために出てきた家であった。

「もし憧れる生活があるなら、まず望むことだ、俺たちに近道はないだろうから一歩ずつ近づいてゆけばいい」

「もう三歩はいったな」

「あとたった九十七歩さ」

その夜、カルテットに戻ったバンドの演奏はいつにも増して美しいものになった。それぞれの音が滑らかに嚙み合い、弾んで、薄い空気を揺さぶる。馴染みのハーバードの学生たちが復帰したジャランに向けて賞賛の親指をあげ、彼もそれに応えた。一夜限りの音とともにプレイヤーも客も確かな瞬間を生きていた。

たまに迎えるゲストプレイヤーの時間がきて三十分の休憩に入りかけたとき、顔見知りの客がマーキスに声をかけてきた。やはり黒人でテナーもソプラノもやるサックス奏者であった。

「少し話せないか、一杯奢るよ」

ウィルはカウンターの席に誘った。飲みかけのグラスがあって、バーテンダーを呼ぶとビールを二杯注文した。

「相変わらずいい音を出すね、曲もアレンジもいいし、羨（うらや）ましいよ」

「まだ七十点さ、もっとよくなる、そっちはどうだい」

マーキスは遠慮せずにビールをもらった。

「実は解散することになって仕事を探している、バンドとの相性の問題もあるし、子連れでそう遠くへもゆけない、半年でもいい、一緒にやらせてもらえないか」

「俺はいいと思うが、まずリーダー、それからオーナーがなんと言うか、堅い人でね、ギャラも安いよ」

「いくらでもかまわない、仕事が途切れることが不安でね、貧乏性というやつさ」

「少し時間をくれ、電話するよ」

「よろしく頼む」

彼はほっとしたようすで握手を求めた。胸の高さで互いの親指を絡めて握る、親愛と信頼の交換である。指が命のミュージシャンであるから、少年たちのそれと違い、互いに手加減があった。そうすると、なぜとなくしんみりとしてマーキスは腰を浮かせたが、ウィルの話はそれで終わらなかった。

「ところで、そのうち大きな戦争になるって聞いたが、本当だろうか」

「そんな話は初耳だ」

マーキスは笑った。アメリカもボストンも平穏であったし、彼の暮らす社会にそんな兆候はなかった。ウィルは誰かにからかわれたのだろうと思った。

「はじめは俺もそう思ったが、知り合いの新聞記者が言うには、もう彼らの世界では常識的な事実だそうだ、しかも開戦をとめる力はアメリカにはないらしい」

「冗談はよしてくれ、そいつの言うことが本当なら、なぜマスコミが騒がない」

「分からない、俺には分からないよ、ただそのときのために準備をした方がいいかもしれない、こんなことは誰にでも言うわけじゃない、友情だと思ってくれ」

「ああ、そうするよ」

マーキスはやはり薄く笑った。一般人を巻き込む大戦があったのは数世代前の二十世紀のことである。世界の人々は多くを失い、失ったことで多くを学び、それでも続発する国益や民族や宗教や思想の違いによる紛争を苦々しく眺め、アジテーターの偏(へん)

執(しゅう)と欲深さにうんざりしてきたはずであった。遠くの紛争より生活が第一の貧しい人々なら、なおさらである。戦争に人生を懸けるほど無駄な努力もないことくらい、ブロンクスの不良少年でも知っていたから、マーキスは信じられない気持ちであったし、なにを準備すればよいのかも分からなかった。自分の人生の遣り繰りだけで手一杯のところへ、ウィルの話は余計な不安をもたらすだけであった。そんなことより美しい音を摑み、清潔な暮らしを築きたかった。

春がすすみ、ウィルの加入をきっかけに新曲のアレンジに取り組んだのは花の季節のころである。ジャランが見つけてきた日本の曲は旋律が優しく、歌詞の意味は分からないものの、聴いているとしんみりする。高音に清冽な哀感があって、美しく流れる音の粒たちが涙のようにひんやりとする。彼らは真新しいブルースに仕立てて、ウィルのソプラノサックスに哀愁のリードを任せた。

「吹いている俺自身がうっとりする、信じられないアレンジだよ」

ウィルはマーキスを称(たた)えた。穴蔵で発芽した才能の開花がはじまっているのは誰の目にも明らかであった。このアレンジはマーキスの自信にもなって、なにか確かなものを摑みかけている気がした。果たしてムーンパレスでのお披露目は喝采を浴びて、バンドの代表曲になっていった。まだ戦争が起こりそうな気配はなかった。少なくとも彼らのまわりに国際情勢を危疑（きぎ）する声はなく、ウィルもその話題を避けていた。
だから、ある日突然、戦端が開かれたときの衝撃は大きかった。アメリカは当事国ではなかったが、まもなく宣戦布告を受けて戦わざるを得なくなった。そういう国が同盟を結んで、たちまち地球は二つの勢力に分かれていった。前の大戦とは参戦国の数も兵器も戦い方も違って、軍事施設や都市を破壊するのはたやすいことであった。無人戦闘機による冷酷な攻撃やステルス爆撃機が発射するミサイルで、数万の兵が木屑のように消える日もある。兵員補充のための募兵と召集がはじまり、一般人が訓練もそこそこに戦場へ送られてゆく。

不安の夏がきてまもなく、マーキスとトニーが海兵隊に、モーリスとウィルが陸軍に召集された。いずれも軍楽隊ではない。少し遅れてジャランにも令状がくると、マーキスは入隊を前に絶望した。そのための準備をなにもしてこなかったことにも気づいて、うろたえた。

「素人の俺たちが命懸けで戦ったところで戦局にたいした影響はないだろう、だがアメリカ人として戦わなければならない、使命感がないわけではないが虚しい、やっと自分たちのジャズができてきたというのに、楽器を置いて人殺しにゆくのだから」

「戦争が終わったら、またやるさ、みんなで恩給をもらえるようになるまで頑張ってジャズクラブを持つのもいいな、その前に日本へもゆくし、アルバムも出す、なにもかもこれからだよ」

そうジャランが言うのを聞くと、ひとつとして叶いそうにない夢を聞くようでやりきれなかった。貧困から抜け出すために縋ったジャズが、生き抜くための夢に変わろうとしていた。

入隊の日が迫るまで彼らは時流に逆らうようにムーンパレスでの演奏を続けたが、客はいないも同然であった。学生の多くは戦争という現実を味わうしかなくなり、集まれば談義を交わし、中には募兵事務所へ走る者もいた。夜のジャズバーへくるのは自己否定の一歩手前にいる人間らしく、以前のようにジャズそのものを愉しむことはない。かわりにバンドが客などそっちのけで愉しんだが、マーキスはうまく乗れなかった。最後の最後に彼らはやはり例のブルースをやった。どうしてかウィルが絶好調で、持っているものを使い切るような名演奏をみせると、やっと小さな拍手が起こり、それで終わった。

店を出てそれぞれの家路につくとき、彼らは互いの幸運を祈り、励まし合った。力強い握手を交わしながら、再び顔を合わせることはないだろうと思うのも仕方のないことであった。マーキスはどうにか築きかけた生活とともに自分の人生も終わる気がした。

入隊の日の朝、彼はジャランに見送られてバス停まで歩いた。静かな街には美しい空が広がり、戦争の翳(かげ)りがなければ清々(すがすが)しい朝であった。早く気持ちを切り替えなければならなかったが、ブロンクス時代の暴力性を掻き立てられることもなく、武器をとる意欲も湧かないままであった。ジャランも来週には出征し、たぶん消えてなくなるだろう。そのことを考えると心の凍る思いであった。

バス停まで二人はあまり口もきかずに歩いた。生きる目的も闘争心も失ってのろのろと歩く兄の姿に、ジャランは自身の明日を重ねて見ているようであった。人影のない停留所に着くと、彼の方から言った。

「あのブルースは傑作だよ、譜面があるから永遠に残るだろう、戦争こそいずれ忘れ去られる」

「おまえがそんなことを言うとはな」

マーキスは微笑して溜息をつきながら、できることなら二人で音楽の戦場で戦いたいと思った。じきに俺もゆくよ、とバスを待つ間にジャランが言うと、ぞっとして、善良ではいられずに銃をとった少年がそばにいるような気がした。あのころへ戻るわけにはゆかないと思い、茫然とするうち、あの惨(みじ)めな日々から運命を切り開いた結果の今日であることが思い出された。

　バスが見えてくると、二人は抱き合い、それから例の握手を交わした。そのとき鋭いブレーキの音が聞こえて、マーキスが運命を変えられるかもしれないと気づいたのは一瞬のことである。思い切りジャランの手を捻(ひね)りながら力をこめると、鈍い音がして指が折れるのが分かった。ジャランは二、三歩よろけたものの、踏ん張り、痛みと怒りに燃える目でマーキスを睨んだ。

「なにをするんだ」

「おまえまで死ぬことはない、工夫すればなんとか吹けるだろう」

　彼はそれだけ言ってバスに乗り込んだ。動悸と身震いがして、発車したバスの窓から外を見る気にはなれなかったが、ジャランは恨めしく見ているだろうと思った。

　しばらくして空(あ)いていた後部の座席につくと、窓の外はもう別の街であった。ターンパイクの騒音の中を見知らぬビルや街路樹が流れている。彼はボストンバッグから譜面を取り出して眺めてみた。ほかに気持ちを落ち着かせる方法を知らなかったし、自分という人間のすべてがそこに詰まっている気がした。

　音符は目から耳へ流れて、たちまち生々しい音になって聴こえてきた。清々しい朝も戻ってきた。美しく哀しい旋律がせせらぐように流れてゆく。惚れ惚れするブルースであった。

ウィルのソプラノサックスが聴こえてくると、彼は気分のよいうちに眠りにつくために錠剤を飲み込んだ。もうほかの音は聴きたくなかった。やがてトニーのピアノ、モーリスのベース、ジャランのトロンボーンが加わると、彼もテナーサックスを吹きはじめた。気怠い酔いに襲われ、恍惚としながら、指は胸の前で正確に動いている。迷いはない。穴蔵を震わす感覚が全身に満ちてきたとき、彼の意識は突然夜に変わってひんやりとした。完璧な音の連なりが冷たい陶酔をもたらし、つぶった目から涙が零れていたが、薄く開いた唇が笑っているせいか異常に気づく人はいなかった。

万年筆と学友

学生寮にしては小綺麗な部屋に先輩が残した細い姿見があって、デートの日はもちろんティーシャツで出かけるときでも女ふたりはよく使った。ルームメイトのソフィアは衣装持ちで美容院にもよくゆくが、髪も自分で作るエマは着回しが多かった。地方のタイヤ工場に勤める父の収入で大学へ進めただけでも幸運であったし、今はお洒落よりも学ぶことの方が愉（たの）しくてならない。

バンクーバーから遠く離れた工業団地の街に生まれた彼女は中等学校（セカンダリースクール）を卒業するまで工場に勤める人たちを見て育った。街には古くから暮らす土地の人よりも職を求めて移り住んだ人が多く、大きな蜂の巣のような社会を成していた。男たちは同じ作業服を着て働き、同じような家で同じような暮らしを営み、同じような悩みを繰り返しながら生きている。違うのは子供たちで、そういう親を見て、そこから出てゆくことを人生の第一歩と考えることであった。

エマの両親はともに学業も仕事も中途半端ないわゆる不良仲間であったが、どうにか三十代のうちに家庭を築くと、よりよい生活や子供の将来を考える夫婦に変身した。二人は思い切って酒量を減らし、マリファナもやめて、エマに辞書や本を与えた。家や庭をきれいにして形から美しい家庭を目指し、節約することを覚え、調和と目標のある生活の居心地のよさを覚えた。きっかけはエマの小学校入学で、あるとき同級生の父親から素敵な夢を聞いたことである。大学出の男は紆余曲折（うよきょくせつ）を経て工場に勤めていたが、人生をあきらめるどころか安定した薄給と都会にはない安らぎを愉しむ心のゆとりを持っていた。

「ものは考えようですよ、私には世界を巡る余裕はないが、こつこつと溜めた三千冊の良書が世界を見せてくれます、いずれ息子も見るでしょう、たぶん彼の子供もね、いつか彼らと酒を酌み、語り合う日が愉しみで仕方がありません」

そう言ってエマにも本を貸してくれた男はペンネームをマーク・ルーハンという無名の作家でもあった。彼の家にはなにより大事そうな立派な書架があって、小学生にはむずかしい本が並んでいたが、中に冒険小説や外国の物語があって彼女は夢中になった。そのうち父も母も読むようになって、夕べの会話が弾んだ。

「この小説の女は知的でいいねえ」

などと父が言うと、母が嫉妬するのがおかしく、エマはそういう二人を眺めるのが好きであった。よその家にはないなにかを独占しているような気分であった。インターネットやセルフォンが進化して、なんでもお手軽に分かったつもりになれる時代であったが、彼女は読書の時間を愛した。

やがて小説家か評論家になることを夢見る娘になって、大学では英文学を専攻し、余暇に書くこともはじめた。大学進学が決まったときに父が奮発して買ってくれた日本製の万年筆が彼女の宝物であった。うっとりするようなデザインと使い勝手のよさはほかにないもので、推敲に重宝するし、今では講義のノートでもなんでもそれで書くようになっていた。あるときソフィアが目をつけて、

「ちょっと貸してくれる」

と封筒の宛名書きに使った。思った通りたちまち気に入った彼女は譲ってほしいと言い出したが、父の贈り物でもあったからエマは断った。そうでなくても手放す気にはなれなかったろう。

「ねえ、どこで買えるのか教えて」

「父に訊いてみるわ」

エマはそうしたが、希少品の万年筆はもう売っていなかった。実用品の美醜に淡泊

な父が手に入れたのも、あとになって分かる幸運だったのである。

学生生活は充実し、美しいキャンパスは自由と憩いの庭になって、毎日が夢の世界のように流れた。学ぶことに忙しいエマは恋人を作る暇もなかったが、ソフィアは歳相応に盛んで夜遅く帰ることもあった。彼女のご執心はテニスクラブの先輩で、いかにも良家の坊っちゃんといった感じの垢抜けた青年であった。エマもたまに夜遊びに誘われたが、内省的で見栄えのしない彼女はためらい、ひとりでハンバーガーを齧るのが落ちであった。

ソフィアは恵まれた人間の持つ明るさを身につけて社交的で、物知りで、さりげなくゴージャスで、行儀もよく、故郷の街にはいないタイプの女性であった。エマは彼女から様々なことを学んだが、教えられることは少なく、いつも見上げる存在であった。本当の女らしさというものを見せてくれたのも彼女であった。

大学の近くに気晴らしによくゆくコーヒーショップがあって、やはり英文科の男子学生がアルバイトをしていた。無口で、仕事用の口しかきかない男はコール・ハニーカットといった。胸の名札にそう書いてあった。エマがカウンターでコーヒーをもらい、本を読んでいてもなにも訊かない。うるさく訊いてほしいわけではないが、無視されるようで却って気になり、彼女は意地になった。

教室やキャンパスで互いを認めることがあっても、目が合うだけで口はきかない。散髪代を節約するのか男は少し髪が長く、カーゴパンツと靴も滅多に新しくならない。エマがよく使う図書館の入口に立って、借りてきたばかりの本を眺めていることがあった。

「彼は街の人だけど貧しいらしいわ、夜もガスステーションで働いているし」

あるときソフィアが言い、エマはこっそり見にいった。制服を着た男は黙々と働いていて、客がくると笑顔で迎えた。距離があってよく見えなかったが、笑顔が別人のように優しい。休憩を罪とでも思うのか、客がいなくてもなにか仕事を見つけて働き続ける。見張る人もいないのに大量の窓拭き用の雑巾を洗い、そのバケツも洗い、事務所のドアまで磨いてゆく。あれでいくらになるのだろうかと考えるのも失礼な気がして、彼女は引き返した。工場では人間も歯車さ、と言った父の一日を思い合わせた。

その夜、ソフィアが泣きながら帰ってきたのでわけを訊くと、恋が終わったという。恋人が別れ話を切り出したのは愉しい食事のあとで、しかも新しい相手は彼女の友人であったから二重の衝撃となった。

「ひどい人ね、殴ってやればよかったのよ」

「できないわ、そんなこと」

「だったら私が代わりにやってあげる、あのテニスクラブの男でしょ」

「違うわ、彼とはうまくいっているの」

エマは開いた口が塞がらなかったが、それで泣いているソフィアもなんだか憎めない気がした。

「あなたが彼の新しい相手でなくてよかったわ、こんなふうにしていられないもの」

彼女は言った。

「そういう考え方もあるわね」

「ねえエマ、ずっと私を裏切らない友達でいてね、もしあなたに恋人をとられたら立ち直れないと思うから」

「それは私が言いたいわ」

それまで見上げていたルームメイトの未熟な部分を知ると、人間に大差はないように思われ、そのときから二人はいっそう親密になっていった。

貧しい者同士の引力とでもいうのか、エマはコールが気になった。彼も無理をして大学へ進んだ口で、読書に救われ、作家を目指しているのではないかと想像したりした。寡黙なのはいつもなにかを考えているからであろうし、休まずに働くのは挫けそうになる自分への叱咤ではないかという気がした。

いつものコーヒーショップで、いつものコーヒーをもらって本を読んでいたとき、ああやっぱりと思った。コールが一瞬ページに印刷されたタイトルに目をとめて、にやりとしたからである。そのままなにも言わずに仕事に戻ってしまったが、いい本だね、と囁かれたような心地であった。思い切って声をかけたのはそれから二時間後のことである。

「よかったらどうぞ、私はもう読み終えましたから」

帰りしなにそうすすめると、彼はあっさり受け取り、ありがとうと囁いてまた仕事に戻っていった。彼女は本の扉に名前と電話番号を記していたが、役に立つかどうか分からなかった。ただ彼も作家志望に違いないとなんの根拠もなく確信した。そういう確かな目標があるから形振り（なりふ）りかまわずに働けるのだと思った。自分と同じような境遇の人がいて、同じような夢を抱いていることが、途方もなく素敵であった。

女子寮へ帰る道はのどかで、愉しい思いの中へ入ってゆくと周囲のものは目に入らなかった。キャンパスの学生たちも、講堂のざわめきも風景でしかなかった。コールのことを思うと心が浮き立ち、それこそ夢のような関係を思い巡らすうちに寮の前まできていた。

玄関ホールの階段の近くに小さな管理室があって、窓越しに寮母のライザが放心しているのを見ると、彼女は声をかけた。

「こんにちは、どうかしたの」

幸福を分けてやりたい気持ちであった。

「ねえ、大丈夫」

身じろぎもしないので軽く窓ガラスを叩くと、ライザは立ってきたが、顔色をなくしたままであった。なんとか窓を開けた彼女はエマを見つめて、

「たった今、戦争がはじまったところよ」

と声を震わせた。エマは言葉を忘れて立っていた。やっと色づいてきた人生に爆弾を落とされたような気分であった。大学の囲いの向こう側で顔色も変えずに働いている男が目に浮かんだが、駆けてゆく気力は起こらなかった。穏やかな春のことで、彼女は二十歳であった。


美しい若葉の季節を迎えると、キャンパスにもいくらか活気が戻るようであった。学生たちは戦争を論じ、こっそり遊び、今後の道を模索していた。先の見えない社会で男たちが縮こまると、女は強くなるか無口になるかいずれかであった。テニスコー

トに人声が戻るや、ソフィアは暗い世相に逆らうように活動した。一度きりの青春を意識して、敗色もへちまもなかった。

「このまま負けるわけがないでしょう、向こうには核兵器を使うかもしれない馬鹿が三人いるけど、こっちには十人いるのよ」

そう言って、本分の勉強もそこそこに出かけてゆく。エマはどうにか寮生活を維持したが、潤沢な資金のある友人のようにはゆかなかった。ソフィアにいくらか借りては休日のアルバイトで返すという繰り返しで、帰郷するゆとりすらなかった。

戦闘機や軍用車両のタイヤも作る工場が工作員によって爆破されたのはカナダの参戦から二週間後の深夜のことである。幸い死者は出なかったものの、次の日には千二百人の労働者が失業し、ほぼ同数の家庭が一気に困窮へ向かった。彼女の父も失業して仕事が見つからないままであったから、まもなく限界を知らせてきたのは当然のことであった。エマの手許にはいくらもなく、とても学費と寮費を納めることはできない。

「私が父に頼んでみようか」

ソフィアが言ってくれたが、返すあてのないことでエマはためらった。中退することも含めて、新学期までにどうするか決めなければならなかった。春のうちに大勢の戦死者が出て、一般人が志願して入隊するようになっていたし、若い女だけがのほほんと生きてゆけるはずもなかった。

週二日のレストランでのアルバイトは気休めでしかない。なにもしないよりはましというだけで、労働に値しない微々たる時間給に溜息をつくのは社員と同じであった。彼らの生活や苦悩を内側から知ることが価値ある報酬であった。その意味では父の本当の姿すら知らずに生きてきたのであった。

彼女は少しずつ小説を書いていたが、戦争という現実の前ではなんの力も説得力もない紙屑に思えることがあった。それでも書くことが自分という人間の存在を意味づけ、いつか社会の役に立ち、子供の視野を広げ、多くの心を豊かにするものが書けるのではないかと思い続けた。ほかに能もなかった。男たちの戦いとは別の、しかし苦しいことに変わりない日常であった。

外でコーヒーを飲むのも贅沢になって、ゆきつけのコーヒーショップも遠くなると、彼女がコールを見かけるのはキャンパスの内に限られた。彼はめぼしい講義には出席するものの、相変わらず掛け持ちで働いていて、夜はゴミ処理場の仕事にかかわったという噂であった。エマに電話やメールをくれることはなかったが、キャンパスで出会えば目礼して通り過ぎるくらいのことはする。一日を無駄なく使い切るとみえて、長くなった髪を今は後ろで束ねている。誰かと連れ立つことはなく、いつもひとりで行動しながら会話に飢えているという顔でもない。そういう男をエマは思想家に類する人に見ていた。

ある晩、彼女はソフィアに言われた。

「コールに期待しない方がいいわよ、彼はちょっと危ない気がする」

「どうして」

「生活が苦しいことと笑わないことは別でしょう、そこが引っかかるの、少しも学生らしくないし」

言われてみればそうだが、エマは危ない男を感じたことはなかった。父の同僚にも似たような人がいたし、そういう人が静かに笑うときは嫌な空気を和らげるからであった。

「たしかに変わっていると思うけど、危ない人ではないわ、私には分かるの」

「未来はどうなの、有望かしら」

「一年後のことさえ分からないときに、そこまで考えなければいけない」

「半年の未来ということもある」

ソフィアなりの親身であったが、エマはやはり割り切れない気がした。想像できる彼の未来から今の彼を引いてもゼロにはならないという妙な自信があって、見届けたい気がするのだった。もっともそれまで近くにいられるかどうか分からなかった。

寮の部屋にはソフィアの荷物が増えて、エマのそれは入学したときからあまり変わっていなかった。増えたのは本と小説の原稿くらいで、生活費の足しにならない紙ばかりであった。そんなことも女ふたりの境遇の差を匂わせた。

学期末が近づくと、彼女は近隣の街で仕事を探しはじめた。大学を休学して故郷へ帰ったところで女の仕事はないし、無職の両親と娘の暮らしではどちらがどちらの負担になるか知れなかった。共倒れだけは避けたい。仕事を探してまわるのにもお金がいって心許なくなると、夏休みになってソフィアが帰郷する前に彼女は万年筆を譲ることにした。

「これで百ドルほど融通してもらえないかしら、使い古しで悪いけど貴重なものだし」

「いいわよ、一生使えそうだから二百ドルにしましょう、どうせ父のお金よ」

彼女は笑って言った。それから急に真顔になって、あなたならきっとできるわ、と励ました。八方塞がりの人生を切り開く小説のことであった。その話になると二人は学生らしく身を乗り出して、大きな夢を語りはじめた。ソフィアの密かな夢はエミリー・ブロンテのように生涯の一作を物することであったが、そのための準備をなにもしないところは手遅れの時代を映して破滅的であった。対照的に一行の文章をこつこつと溜めてゆくのがエマで、そのあたりも生い立ちに似ていた。

夏休みの間、学生寮はがらんとする。静かで物を書くにはよいが、彼女は仕事と安い住居を探しまわった。学業半ばの女がすぐに就ける仕事は限られていて、可能性があるのはウェイトレスやバーのホステス、独居老人の家事手伝いや清掃員、ストリップクラブの会計係やダンサーなどであった。期待した出版社は臨時雇いどころかアルバイトの口すらなかった。

人口の減る状況のせいか賃貸しの住宅はいくらもあって、下宿から一軒家まで選り取り見取りであったが、収入が決まらないことには選ぶこともできない。中に下宿人を募集している独り暮らしの老婦がいて、会ってみるとよい感じに頑固そうな人で、彼女は心が動いた。部屋は古いが清潔で本棚があるし、ガソリン代を払えば車も使わせてもらえる。乗りやすそうな黒いロードスターであった。

「どうして大学を辞めるの」

ミセス・キャンベルは訊ねた。

「経済的な事情です、自立して小説を書くつもりです」

「若い人はいいわね、この家が気に入ったらいらっしゃい、ルールはひとつよ、家の中では靴を脱いで、走らないこと」

それもエマは気に入った。

軍隊に日用品を納める業者の下請けの運送会社の倉庫で働けるかもしれない、と父が知らせてきたのは長い夏休みも終わるころであった。通勤に時間がかかるうえに給料もひどく安いが、失業の心配はないという。なんであれ働けるのはよいことであったから、エマはほっとした。父は負けていないと思った。

新学期のはじまる少し前にソフィアが帰ってくると、エマは大学を中退することを話した。休学も考えたが、すぐに復学できる見込みはなかったし、なにより気持ちが小説へ向かいはじめていた。

「とても残念だわ、でも総督文学賞には近いかもね」

その日、ソフィアがお別れの食事に誘ってくれて、二人は街一番のレストランでワインの夕べを愉しんだ。両親からたっぷり愛情の印をもらってきた女は友人のための散財を愉しみ、美しい記憶を作ろうとしていた。彼女のすることはいつか壮大な小説の細部を飾ることになるのかもしれない。そんな気がして、エマは友人の労り(いたわ)とも慰めともつかない持てなしが文章という永遠に変わる日を思い巡らした。ソフィアの視点と表現を借りるなら、今の彼女は汲々として救いがたい女ということになるのかもしれなかった。

始業の日の朝がくると、エマは退学届を出すために事務局へ向かった。夏がゆき、戦争が続いていても、新学期のキャンパスはどこか明るい。挨拶を交わす若い声が木立の間を流れてくる。空も美しい。

事務局のある建物の前まできて、彼女は階段の上に男が立っているのに気づいた。清潔なパンツにジャケットを着て、片手に厚い封筒を持っている。見違えたが、髪を短く刈ったコールであった。彼も事務局に用事があったとみえて、目が合うと二人はたちどころにお互いを理解した。エマはどうして素早く階段を上ったか覚えていない。

「行くのね」

彼は小さくうなずいて、君を探しにゆこうと思っていたところだと言った。それから差し出したのは、表紙に「エマ・ウィルソンに捧ぐ」と記した小説の原稿であった。

幸福と不幸の急所を同時に衝かれて震えていると、コールは三十秒ほど彼女を抱きしめてからあっさり去っていった。お別れの言葉もなかった。彼女は茫然としながら、小説家の姿が見えなくなるまで見送った。こうなることを知っていて彼は電話をくれなかったのだと思った。

一日の生活を考え、短い拘束時間と収入から、彼女がストリッパーになろうと決めたのはその日のことであった。戦場へゆくことを思えば遥かに楽な仕事であった。そうして彼の小説に負けないものを書くのであった。次々と大切なものをなくしてゆく女の前途に確かなものなどなかったが、傷んだ心の皮を剝いてしまうと、皮肉なことに生きてゆく目的だけが残った。

偉大なホセ

地中海が世界の果てに思えるような谷間の小さな村の十字路に四軒の店が集まり、それぞれの壁が十字を隠していた。北東の道を五百メートルもゆくと古い教会があり、三百キロほどゆくとバルセロナだが、誰も地中海を見たことがなかった。十字路へゆけば大抵のものは揃うし、酒も飲めるからであった。

二階に客室があって泊まることもできる酒場はこの十字路で最も大きな建物で、かつてはバックパッカーがよく訪れたが、ブームが去ってからは泥酔した人の仮眠所になっている。次に大きな雑貨屋がなにからなにまで売っていて、ないものは言えば取り寄せてくれるので、詐欺紛いのネット通販で苦労する村人はいない。その向こう隣にパンも売る肉屋と、ときおり葬儀屋に変身する床屋が看板を掲げていて、十字路の一日は結構なにぎわいであった。妻に買物を頼まれた男たちがついでに酒場へゆき、堂々と酒を飲みにきた男たちが申しわけに手土産を買ってゆく、そんな場所で人々は交遊した。

ホセ・バスケスがたまに覗くのは雑貨屋か肉屋で、雑貨屋で農具や作業着を、肉屋でパンを買うのが精々であった。ほかの店に用はなかった。村では珍しく三十五歳になる今も独身で、親の遺した土地で本当に小さなワイナリーを営み、菜園を持ち、常に数頭の豚を飼い、暇があればモルタルと野板で家を修繕し、いたずらに悩むことのない生活に安んじている。蓄財が生き甲斐であったから、散財につながる妻子を持つことに関心はないままであった。酒を飲んで騒ぐだけの交遊や慰安旅行などはもってのほかだし、教会への寄付もしたことがない。それでなにも困らないから立派な生活者と言えた。

ホセにとって最も馬鹿馬鹿しいのは隣村との中間にあるガソリンの給油所へゆくためにガソリンを使うことで、ゆくときは幾つものジェリカンにも満たしてくる。そういうことを思いつくだけでも賢い、と自惚れる人間でもあった。彼自身は知らないことだが、

「偉大なホセ」

と村人は皮肉をこめて呼んでいる。村に何人もいるホセという名の男と区別するための愛称で、偉大という形容には誰にも借金をしたことのない堅実さと、狭量さと、

真似のできない生活力とが微かな羨望と軽侮とともに包まれている。面と向かえばホセかセニョール・バスケスであったから、本人は気づきようがなかった。

彼を訪ねる数少ない人の中に従兄のルイスがいた。屋根葺きが仕事の彼は年によって貧しく、大抵は無心が目的であった。ホセは食料は与えたが、現金の要求は拒んだ。一度でも渡すと切りがなくなるし、返す手段も気持ちもないからであった。

「ありがとう、ごうつくばり」

散々世話になっておきながら、最後にルイスはそう言った。それ以来こなくなってホセは却って清々したが、かわりに教会の神父がたまに顔を出すようになっていた。

「なにか困っていることはありませんか」

神父は挨拶代わりによく訊いて、なにも困っていないと答えると、礼拝への参加や寄付を切り出すのであった。両親がいたころ、彼らは村人の目を気にして教会へゆくことがあったが、神も宗教も信じていなかった。なにより一日を働き、万一の困窮に備え、蓄財することが愉しみの人たちであった。たとえ神がいてもなんら恥じることのない生活で、人に迷惑をかけるでもない。ホセも彼らの考え方に染まって、ひとりになってからは重労働と暇のなさを理由に教会へは行かなくなってしまった。ある部分は本当のことで、神父の勧誘も、家計は苦しいがなんとかやっていると答えることで躱し続けた。

「旦那さん、若い娘の夜の写真はいかがですか、ポルノもあります、安くしときますよ」

いかがわしい訪問販売の男や農機具の修理屋が流してくることもあった。あるときホセは便利なパン焼き器を買って後悔した。使ってみるとパンはよくできたが、手間や電気代を考えると肉屋のパンを買う方が安上がりで美味いからであった。贅沢はろくなことにならないと思った。

　誘惑は十字路にもあって、雑貨屋の特売日には一番に乗り込んで買い溜めをする。オリーブオイルと小麦粉とトイレットペーパーは迷わず一年分は買うし、普段より安いものを見逃しては気がすまなかった。そんな日はトラックの荷台が雑貨で一杯になるので、神父やルイスに見られないように気をつけなければならない。防水シートはそのためにあるようなものであった。

　家には母屋から続く倉があって、リネンや米や缶詰の箱が積んである。彼には至福の眺めで、補充することで充たされる。現金に勝るものはないが、備蓄に勝る安心もなく、保険など信じていなかった。両親もそうしていたし、感染症で亡くなる間際まで蓄えに安堵し、蓄えたことに自足していた。ホセの人生も今のところ同じ川を流れている。

他者から学びたいとも思わない彼は聖書も本も読まないし、その意味では自身が全知の神であった。問題が起きたときの賢明な判断も対処もできるので、人の知恵を借りる必要などなかった。実際自分より上手に生きている人は見当たらず、酒場に通う男たちや家の遣り繰りに追われる女たちに感心したことはない。いつであったか叔母のイサベルに、あなたのように生きてはつまらないわね、と言われたことがあるが、都会の男に嫁いで大家族の家事に追われ、売るものもなくきゅうきゅうとしているのは彼女の方であった。疎遠になってもどうということもない人の言葉は納屋の藁束(わらたば)より軽かった。

「いくらか貸してくれない」

そう言われるのが嫌で叔母にはずっと連絡していないが、別に淋しくもなく、思い出すこともなかった。

そんな彼にもお気に入りがひとりいる。冬になると仕込んで間もないワインを買い付けにくる五十がらみの男で、品がよく、金払いもよいので顔を見るとうれしくなる。アントニオ・アロンソといって、もう何度も取引をしている仲買人であった。現金主義の男とは気が合って、試飲のときの会話も愉しい。生産者の期待を裏切らないことが大きな信用になって、近隣のワイナリーの半数は彼の取引先であった。その中でも希少なホセのワインは高値をつけて、一年の生活に困らない収入をもたらしていた。

「アロンソに任せておけば心配ない」

そう誰もが言い、ホセも信じていた。だが今年の彼はようすが違って、値を叩きはじめた。世界的な過剰生産と諸経費の高騰が理由であった。

「それにしてもこの値では話にならない」

「残念ですが、これが今の相場です、売れるだけでもましなときです、なんならよそで訊いてみてください、いいときもあれば悪いときもありますよ」

アロンソの言葉を信じたホセは言い値で売り払い、恐慌に備えてさらに食料と燃料を買い込んだ。ひとりなら三、四年は楽に凌げる量であった。買えるだけ買い、これで安心して暮らせると思ったときには春になっていたが、野菜の種が出回らず、雑貨屋には役に立たないものばかりが並んでいた。やがて株の暴落、首都での爆破事件と続いて、いつになく電話が鳴り出すと、彼は都合のいい無心を予感した。

「お金でも食料でもいいから、貸してもらえないかしら」

最初はルイスの妻のマリアからで、すぐ取りにくるというので仕方なく小麦粉と缶詰を分けてやった。イサベルからも同じ電話があって、こちらには米と粉ミルクを送

った。あとは本当に親戚か縁故か分からない人ばかりであったから、

「それみたことか」

内心ではそう思いながら、慇懃に断り続けた。用心して納屋にも鍵をつけ、長い柵の補強もした。一年は泥棒や物乞いから身を守ることで過ぎてゆき、村人も信用できなくなると夜も落ち落ち眠れなかった。

ある日の午後、自転車で通りかかった青年が、なんでもするから二、三日雇ってくれと言い出した。ホセは首を振った。そんな仕事はないし、日当も払えないからと断ると、青年は納屋に目をやった。

「一晩あそこに泊まらせてもらえませんか」

「悪いが、できない」

「では何か食べるものを恵んでください」

青年は痩せて頬が削げていた。

「どこまでゆくつもりだね」

「バルセロナです」

親戚を頼って三百キロの道を走るという若者はそれなりに哀れで、ホセはパン焼き器で作った丸いパンを半分に切って与えた。なぜ半分なのか、そのときは考えなかっ

た。許せる量を手が知っていたし、丸ごと与えるには青年は薄弱すぎた。ひ弱な肉体は怠け者を連想させて、間違えば不愉快であった。

「ありがとう、ご恩は忘れません」

青年は言い、日の傾いた道をまたふらふらと自転車を走らせていった。ホセは親切な自分に驚きながら、残ったパンを齧り、さらに残ったパンを千切って豚に与えた。それでどうにか自足の計算が成り立った。

夏が過ぎて秋風の立つころ、彼はルイスの葬式にゆき、そのあと弔客を持てなすささやかな宴に出て、夕暮れに帰ってきた。仕事中に貧血を起こして屋根から落ちた男はその場で亡くなり、医者ではなく十字路の床屋と神父が呼ばれた。葬儀の費用は村人がわずかずつ出し合い、床屋が勉強した。親戚のホセも散財しないわけにはゆかず、宴を張るための食材を負担し、心ばかりの現金を渡した。

人の集まりに身を置くのは久しぶりであったが、ひとりとして気を許せる人はなく、挨拶以上のことは喋らなかった。春にどこかではじまった戦争が世界に拡大して、スペインが参戦したのは夏のことである。戦局は思わしくなく、暗い世相が農村部にも広がっていたから、愉しい話題は望めなかったし、下手をすれば無心の相手にされるのが落ちであった。社交の場にいながら、彼は落ち着ける場所を探してテラスの椅子に長いこと座っていた。そのうち煙草を吸いに出てきた男が顔も見ずに話した。

「ルイスのかわりに言わせてもらうが、マリアと子供たちのことを頼みますよ、ねえセニョール・バスケス」

「親戚としてできることはします」

ホセは言ったが、彼の中ではもう済んだことであった。人のことに立ち入る世間が嫌になるのはこういうときで、人一倍働き、倹約して蓄えたものを奪われる気がした。煙草を吸う間、男はルイスの代弁者を気取ってねちねちと嫌みを言った。

家に帰ると、明かりをつけるには早い時間であったが、キッチンのカーテンを閉めてブラケットを点し、ひとりの夕食の支度をはじめた。暗い気分を変えるためにワインを開けて、厚いポークステーキを頬張った。

いつもそうして世間に錠をさして、ひとりの幸福に浸り、広い世界はおろか困窮する隣人を見つめることもしなかった。だから日が暮れて郵便配達の男が特別な通知を手渡しにきたときも、迷惑な時間の配達に憤慨しながら差出人を確かめ、なにかの間違いだろうと思った。

「幸運を祈ります」

郵便配達の声は淡々として冷たく、悪魔の使いにも思われた。

残っていたワインを酒場に売り、豚を肉屋に売り、保存のきく食料を教会に寄付し、床屋に墓石を注文すると十日が過ぎていた。最後に雑貨屋を呼んで日用品も処分すると、家には家具しか残らなかった。捨てられない本も手紙の一通もないのだった。

「葡萄(ぶどう)は一年で傷みますね、誰かに管理を頼んではどうですか」

雑貨屋の店員が言った。それでマリアに声をかけてみたが、自信がないというので彼女には代理人の権限を与えて、二年間の作業を商売敵に委託することにした。そのうち見よう見まねでマリアもできるようになるはずであった。

「ルイスがいたらな」

ホセはつい口にした。村でただひとりの親戚と呼べる男を失っていたことが、そのときになって悔やまれた。彼の子供たちがもう少し大きかったらと思うのも身勝手な都合であった。マリアは恨みごとを言うでもなく、彼の愚痴を聞いていた。降って湧いたような災難に同情することもしなかったが、

「上手にワインができたら手紙を書きます」

と言った。

「是非そうしてくれ」

「子供たちが召集される前に戦争を終わらせてください、お願いします」

「ああ、そうしたいね」

　ホセは言ったが、谷間の小村に生まれてずっとそこで生きてきたので、なぜ自分が真っ先に外国の戦場へゆくことになるのか分からなかった。いずれ若い人が続くとしても、戦う理由が分からないし、どうして戦争が起きたのかすら理解していなかった。残念ながら世界の国々には強欲なエゴイストが多くいて、不埒（ふらち）な欲望をもっともらしい理屈で飾るので正論で彼らを論破することはできない。そんなことを言ったのは高校の教師で、ホセはそのときの授業の光景をはっきり覚えているが、今日まで教師の言葉を思い出すことはなかった。たぶん今度の戦争もそんなことから起きたのだろうと想像するだけであった。自分のための労働と蓄財に明け暮れて、反戦の声を上げる暇も意志もなかったのである。

　思い切って村人を家に招待したのは、腐らせるだけの最後の食材を片づけるためであった。十字路に夕食会の案内を貼り出したのが前日のことで、少しだけ参加費をもらうことにした。当然の権利だと思った。

　当日は朝から支度にかかり、たくさんの席を作り、ご馳走を用意した。彼自身も食べたことのないような贅沢な料理であった。目立つところに野草の花を飾り、紙ナプキンや灰皿も用意した。子供連れもくるかもしれないと気づいて、ケーキを作ったのは午後も遅くなってからである。彩りよく盛りつけた料理の並ぶ家は一気に華やいだ。

夕暮れ、家中の明かりをつけて待っていると、一台の車が通るのが見えたが、しばらくしても誰も現れなかった。七時には徒労を予感し、八時には絶望した。どの家でも食事を終える時間であったから、彼は落胆して食べはじめた。馬鹿なことをしたと思うと、せっかくの料理も味気なく、ワインで流し込むようにして一皿の肉を片づけた。それでも九時まで待ってみたが、客はただのひとりも来なかった。

次の朝早く、彼は小ぶりのリュックを背負い、現金を詰めた鞄を持って家を出た。バルセロナの工兵部隊に入隊するためにバス停のある町まで自転車でゆくつもりであった。途中で教会に寄って現金の鞄を神父に預けなければならない。鍵は戦地へ持ってゆくつもりで紐をつけて首に垂らしていた。

少し肌寒いが、空は美しく晴れて気持ちのよい季節であった。いつもトラックを飛ばして走りすぎていた通りをゆくと、見飽きたはずの景色がよく目に入る。こんなに美しい村だったろうか、と彼は赤い丸瓦の続く家並みやオレンジの木立を眺めた。まだ人気（ひとけ）のない十字路をすぎると、整然とオリーブの並ぶ農園が広がる。通りを横切る小川の流れは澄んで、石橋を渡るとまもなく教会であった。

通りから逸れた林の中に教会はある。伐採した木で建てられたので敷地は広く、今では集会所もできて、通りから寄り付きの道が太く延びていた。途中から緩い上り坂になるので自転車を降りて歩いてゆくと、教会の駐車場は車で埋まり、溢れた乗用車が道端にも何台か駐まっていた。

日曜でもないのにと思いながら、鞄を提げて中へ入ると、朝から大勢の人がいて、神父が説教をしているところであった。意外だったので、彼はしばらく入口の近くに立っていた。早く神父に鞄を預けたいが、のこのこ出てゆくわけにもゆかない。するうち説教が終わって、神父がはっきり言うのが聞こえた。

「では偉大なホセのために祈りましょう」

ホセはまさか自分のこととは思わなかったが、やがて彼に気づいた神父が目を凝らすと、頭を垂れていた人たちが次々に振り返りはじめた。そのために集まっていたのであった。不意にひとりの女が立ち上がって通路を歩み寄ってくるのを見ると、顔に黒いベールを垂らしたマリアであった。彼女は前に出て挨拶をするようにすすめたが、ホセはとてもそんな気にはなれなかった。

「人前で話すのは苦手でね、それにもう十分分かったよ」

「みんな心から祈るわ」

「ありがとう、ついでにこれを神父さんに渡してくれないか、しばらく預かってもらいたい、中身は現金だから、もし困ることがあったら神父さんと相談して使うがいい」

彼はマリアの首に鍵のついた紐のネックレスをかけてやった。そうしなければいられない気持ちであった。

「ゆうべはみんな躊躇したのよ、あなたを早く休ませようと言う人もいたし、今日の礼拝がとても大切だったから」

「いいんだ、そんなことはもういいんだよ」

「祈るわ、みんな祈るわ、本当よ」

そのときには全員が起立してホセを見ていた。彼は小さく片手を挙げてあの人この人に応え、足が震えそうになる前に外へ出ていった。急いで自転車に乗り、振り返らずに走った。うしろに大切なものを引きずり、前に恐ろしいものを見ながら、一体なんのためにと思わずにいられなかった。これから地中海も見るし、外国も見るだろう。だが、そのことを村人に話せる日がくるかどうか分からなかった。もしくるとしたら、それはちっぽけな自分ひとりの運だとか宿命だとかいうもののお蔭ではなく、ましてや神の力でもなく、世界のエゴイストたちを説得する勇気と理性を持つ人だけが為し得る奇跡であるように思われた。

この小さな村の仲間が全世界であってもよいと思いながら、現実の世界と向き合うために彼はペダルを踏みつづけた。いつかの青年のように醜い人間とも向き合うことになるに違いない。人を憎み、怖れ、愛し、助けることの限界も知るだろう。しかし、そんなことを考えられるのもこの有り触れて美しい村に守られている間のことであった。

とても小さなジョイ

鬱陶しい雨季の一日、仕事もなく、家には片付けるものもなく、母が軒下に干したままの洗濯物を眺めていると、そこには意味のある人生も未来もないように思えてくる。

線路際の番地もない土地にマルコ・トーレスが生まれ育った家がある。寄せ集めの廃材とトタンと寸足らずの釘で建てた違法住宅であるから、固定資産税は取られない。たまに列車が軒先を掠めて通る土地は細長く、むかしから似たような家が並んで発展したことがない。働いても税金は納めず、わずかな日銭で生き継ぐ人々の家並みで、近くにジャンクヤードでもあれば家も少しは立派になるはずだが、辺り近所にそんな贅沢なものはなかった。

雨音の響く片流れの屋根の家には家族五人が暮らしている。母と妹のほかは男で、次男のマルコは十七歳になる。この家の床で生まれて、そこが寝床になって、大病を患うこともなく十七年を生きたのは幸運であった。小学校を出ると、彼は路上で密輸の煙草を売り歩き、体が少し大きくなるとマリファナも売り、さらに大きくなるとフィッシュボールの屋台を押して家計を支えた。手先が器用な父と兄は殺人以外はなんでもするが、定職と言えるものはなく、建設作業員になったり空調機の修理をしたりしている。去年から体を売りはじめた妹は貯めるものを貯めたら家を出てゆくだろう。裕福な家のメイドになって体を壊すまで働くという選択肢もあったが、都会を知る娘が人生をあきらめるには若すぎたし、美しかった。

「ジョイは正しい歩き方を覚えたら、モデルか女優になれると思うわ、私が教えてあげるから考えてみない」

そう言ったのはスツールひとつで床屋をしているゲイのリチャードであった。彼もなにをして食べてゆこうかと悩んだ口で、屋台を押すくらいの体はあるが、好きなハイヒールとモンローウォークをとって今の仕事に安んじている。ゲイの人は押し並べて人当たりがよいので、マルコは彼ともよく話す。

いつであったか散髪にゆき、笑い転げるうちに肩や腰を触られたが、それほど嫌な気はしなかった。お喋りでダンスの好きな男は手がよく動いたし、誰にでもそうした。深い意味はなく、身についた仕草の延長にすぎないのだったが、

「リッチとトイレにゆくなよ」

がみんなの挨拶になった。

雨の日、彼の店は流行った。ひとりの散髪に十五分とかからないが、順番待ちの男たちが煙草に飽きてビールを飲みはじめる。たいていは豚の皮を油で揚げたチチャロンが摘まみで、話が弾むと、どこからかジンとコークが出てきて安上がりのカクテルパーティに変わってゆく。リッチの母親が摘まみを提供することもあれば、雨の小止みを見計らってマルコがフィッシュボールの屋台を出すこともあった。

「バイクで屋台を引けたら俺もやるかな」

「その前にバイクを買う金がいるぞ」

「その前に自転車だろう」

「なにか儲け話はないか」

そんな話題と笑いとあきらめから酒宴は夜まで続いてゆく。

遅くなると、以前はジョイが呼びにきて酔った男たちにからかわれた。五年もしたらミス・マニラだな、と彫物師のミゲルがよく言った。マルコも二の腕にコブラの刺青を彫ってもらったが、母のソニアが珍しく怒ってミゲルに文句をつけにいった。

「生憎それが商売でね」

まあジョイにはすすめないよ、というのが彼の切り返しであった。そのころはフィッシュボールの付汁（ホットソース）を作るのがジョイの役目であったから、唐辛子と玉葱の匂いそうな少女であった。去年の雨季のはじめに父のレイナルドが決断して裏町のマッサージパーラーへ連れてゆくとき、彼女は初めて買ってもらったブラの感触を愉しんでいた。けれども、すぐに外すことになった。お蔭で一家は雨季を凌（しの）いだが、ジョイは心なしか窶（やつ）れていった。ひとりだけ夕食を別に摂るようになって、帰宅してもシャワーを浴びなくなったが、家族の誰もがいつもと同じ顔を作り、なにも訊（き）かなかった。そのうち不幸に馴れていった。

雨が降ると、母がフィッシュボールを刺す竹串を削り、付汁も作るようになった。辛いソースは日持ちするのでコーヒーの空き瓶に溜めておき、家の料理にも使ったりする。マルコは母を手伝い、屋台の手入れをし、恨めしい空を眺めて過ごした。午前中はジョイが寝ていたりするので、することがなくなるとリッチのところで漫画を読んだり、顔なじみと世間話をしたりした。何事であれ風聞が彼らの情報源で、世界が大変なことになっていると知ったのも雨の軒下でリッチのカーラーを直していたときであった。どこかで戦争が起きたことは聞いていたが、一気に世界を巻き込み、泥沼の大戦に突入したというのは寝耳に水の話であった。晴れればフィッシュボールは普通に売れたし、客の顔にも危機感はなかった。
「軍艦も兵隊も足りないそうだ、同盟国は多いが、どこも手薄で、人の国の心配までしていられないらしい」

顔なじみの男は言った。人の国というのは自分たちのことであった。しかしマルコがそういうことを家族と話すことはなかった。

父と兄はどこでなにをしているのか分からず、家にいれば安く酔えるジンを飲みながら金の話をするだけであったし、兄のノエルは目つきまで意地汚くなっていた。世界情勢を語るどころかジョイの金を当てにして、彼女の痛手を考えることもしなかった。

小さな屋台にも暗黙の縄張りのようなものがあって、マルコの出かけてゆく先にジョイの勤めるマッサージパーラーがある。アーチ形の入口を持つ雑居ビルの二階にあるので中は見えないが、出入りする客を見かけることがあった。どちらかといえば若い、半端に裕福そうな男たちで、中には外国人もいた。妹の相手かもしれないと思うと、マルコは呼びとめて殴りつけたい衝動に駆られた。体は洗ってきたのか、せめて優しくしてやってくれと詰め寄りたくなる。いっそのこと自分が客になって休ませてやろうかとも思うが、それもできないのが貧しさであった。

ジョイのいるビルの前を流すのはいつのときも苦痛であったが、晴れると彼は出かけていった。雑然として気取りようのない通りに屋台をとめておくと、結構商売になるからであった。顔見知りの客が駐車場から手招きすることもある。

「そのうち家でパーティをやるから、こないか、二百ペソにはなるぞ」

「是非呼んでください」

「そのときはシャツだけでもこざっぱりしないとな」

男は言った。生活の不安も危機意識もないのだった。おおらかな国民性と言ってしまえばそれまでだが、人も街も無防備すぎた。この国がなりゆきに任せてよくなったことはないし、手持ちの銃でどうにかなる戦争でもないだろう。ひどく楽観的な人たちを見るにつけてマルコは悲観し、落胆した。命のほかに失うもののないことが自分たちを一層さもしくするように思えてならなかった。

ジョイは稼ぎ頭になっていった。収入を母に渡すとき、いくらか誇らしげな顔をしてから吐息をする。その金を父と兄が使い、ジョイは自分のためのものを下着に包んでベッドの下に隠していた。それもあって家にいる間はよく寝た。マルコは隠し場所を知っていたが、確かめたことはない。彼も少しは隠していたし、あてどない前途に備える気持ちは同じだろうと思った。美しくおとなしい少女はよい縁を得て、案外早く家を出てゆくかもしれなかった。

あるとき兄がジョイに言うのが聞こえた。

「もっといい店で働かないか、本当の金持ちが客だから、今より数倍は儲かる」

ジョイは怯(おび)えたように首を振ったが、ノエルの企みはそれで終わらなかった。まもなく彼女の貯金がなくなったのである。彼の仕業で父親と二人で闘鶏に注ぎ込んだらしい、と母がこっそりマルコに話した。

ジョイは騒ぎ立てなかった。あきらめることを知っているので涙も見せない。肉親を罵るかわりに幾度か危険な街娼をして金を取り戻すと、彼女が次に考えた隠し場所は銀行であった。通帳ならバッグに入れて持ち歩ける。そのことをマルコに話したのは世界中で彼だけを信用しているからであった。

「ひとりで危ないことはするな、いざとなったら二人で家を出よう、そう思って俺も少しは貯めているから」

彼らの夢は小さくても清潔な家に暮らして頭を使う仕事に就くことで、ジョイの幸福は彼の希望でもあった。だからパーラーの客の男につきまとわれているのを知ると、守らなければならないと思った。男は人身売買の斡旋業者らしく、オーストラリアでの優雅な生活を保証したが、十三歳の娘の分別に透かしてみても胡散臭(うさんくさ)い話であった。

そのことがなければ男はよい客でチップを弾むし、嫌なこともしないという。そう聞くとマルコはかっとした。そのうちパーラーの主人に金を握らせて、ジョイをどこかへ連れ去るのではないかと案じた。しかし対処する力も知恵もなかった。

彼はミゲルに相談した。顔が広く、少しは裏社会を知っていたし、護身用の銃を持っているのも彼だけであった。

「人買いだな、そいつはチンピラかもしれないが、うしろにシンジケートがついているだろう、店をやめて逃げるしかないね」

ミゲルはそう言った。

「逃げるといっても遠くへは行けない、どこが安全だろうか」

「マフィアが経営するナイトクラブなら奴らも手は出せないだろう」

「伝はあるかい」

「なくもないが、頼むには金がいる、とにかくまず店をやめることだな、運がよければ忘れてくれるかもしれない」

友人の現実的な忠告は無力なマルコを励ます一方で、不安を刺激した。世間の女子供にも見下される人間にとって犯罪組織の男は大きすぎる相手であった。金を手に入れることしか頭にない父や兄は頼りにならないし、どうしたらジョイを守れるだろうかと彼は考えつづけた。

ミゲルの家を出ると、マンホールも排水溝もない狭い通りは泥の川になっていた。


雨上がりの裏通りを流していると、夕暮れ近く例の男が現れてフィッシュボールを摘まみはじめた。口髭（ビゴテ）を生やした四十がらみの美男で洒落たデザインのシャツを着ている。マルコは屈んで火力を調節しながら、男の腰まわりを確かめた。銃は見当たらない。

「戦争ですね」

「そうらしいな」

ふだん客とはほとんど口をきかないが、男の人間を知りたくて訊いてみた。

「勝てるでしょうか」

「さあな、心配か」

「はい」

「じゃあ教えてやろう、戦争はな、やりたい奴にやらせておいて、俺たちはどっちでも勝った方につけばいいんだよ、食い物と女と金の嫌いな兵隊はいないだろう、それが戦後の世の中さ、つまり今と同じさ、そうだろ」

男は十個ほど食べて、気前よく十ペソを払っていった。彼には金のうちに入らないのだろう。少しゆくとストリートチルドレンの溜まり場がある。マルコは足下のマンホールの蓋をずらして男の使った竹串を流した。

ジョイがパーラーをやめてからも男はしつこく嗅ぎまわって、線路際の家並みに接近することがあった。よそ者に用心深い住人は知らん顔を通してくれるが、日に日に危険が迫っているのを感じる。ジョイも怯えて家に籠ったが、金を運んでこない娘を許す親でもなく、数週間が限度であった。彼女は知り合いに頼んで働き口を探しながら、ときおり出かけては新聞を買ってきた。場末の飲食店のウェイトレスや履歴書のいらない勤め口を探しているらしかった。

マルコは打開策を考えた。なんとかしてジョイを家族から切り離して生活を築かせ、いつか自分も続くためにある決断を急がなければならなかった。まずジョイを目の前の危険から遠ざけなければならない。安全な住まいと仕事が見つかるなら、密かな貯えを使い果たしてもよかった。そこからはじまる生活を支えるために彼自身も安定した収入がほしいし、摑める未来を摑みたかった。

ある日、彼は市内にある軍の基地まで歩いていって、いろいろ訊ね、戦争でも給料をもらえることを知ると志願したいと思った。しがないフィッシュボール売りにとって軍人給与は神の恵みも同然であった。軍隊なら新しい対等な人間関係も生まれるに違いない。家に帰って母に相談すると、

「お金はほしいけど、死んだら元も子もないのよ、よく考えなさい」

と言われた。ゆくな、とは言えないところが母の葛藤であった。心残りはそういう母のことで、余裕ができたら力になりたいとは思うが、今は振り切るしかなかった。

ミゲルが情報を仕入れてきた。

「あの男は華僑系の密輸組織の下で働いているらしい、セブの顔役の使い走りという話もある、どっちにしろ下っ端だな」

「ナイトクラブの方はどうだった」

「写真を見せたら、いい顔をしたよ、決まれば寮に入れるが、面倒をみてくれるのはよくて二、三年だろう」

寮での集団生活は願ってもない話で、マルコは謝礼を渡した。

しばらく雨の日が続いて、やがて台風が島を直撃すると、どの街も浸水した。車が浮かび、看板や廃材が流され、マンホールの蓋も外れた。間違うと一気に吸い込まれる。溢れた水はマニラ湾へ向かって道路を流れ、ごみとともに行き着く先は海であっ

た。下水がどこをどう通ってどこへゆくのか、気にする人はいない。

台風一過の数日、被害が大きく報道されたせいか、よくある裏町の発砲事件は新聞記事にもならなかった。死傷者が見当たらないこともニュースバリューを欠いていたし、もともと単発の銃声に戦く人たちでもない。そんな事件はいくらでもあって、よほど不用意な犯行でない限り警察が駆けつけることもない街であった。前後してジョイの就職と引っ越しが決まったのも幸先であった。

次の日、マルコは軍隊に志願した。

「あなたを誇りに思うわ」

と母が言い、かたい商売だな、うまくやれよ、と父と兄は口を揃えた。ジョイは肩を落として黙っていた。彼女が静かに出てゆけるように、マルコは二週間は困らない金を母に渡した。それから数日を普通に暮らして最後の一日となった日の午後、頃合いを見計らってジョイをリッチのところへ連れていった。

「思い切りゴージャスな髪にしてやってくれないか、女優のようにね」

「お安い御用だわ、見てらっしゃい」

リッチは興奮し、あれこれ考えて夢中になってくれた。たいした道具もない店で、長い髪は上品に美しく作られてゆき、やがて大人の女性が生まれた。見物する人が集まってきて酒宴になると、マルコはジンとフィッシュボールを振る舞った。自分も飲んで、最後だから、とジョイにも一口すすめた。

「ここも淋しくなるわね」

とリッチが言い、

「そのうちミサイルが飛んでくるさ」

とミゲルが言った。

「デリンジャーじゃ撃ち落とせないな」

マルコも言った。すると吐息混じりの低い笑い声が広がり、誰かの口からジョークが飛び出し、作った明るさの陰でそれぞれが物思う酒に変わっていった。名ばかりの床屋の軒先が彼らの社交場であり、あてどない人生の休憩所でもあった。頼みもしないのにリッチの母親が豚肉のチップスを運んでくると、一皿を囲む手摑みの輪が親しみを告げ合う。そのとき景気のいい人が場所代を出すこともあるが、礼の言葉でごまかすことの方が多い。

「また子供が生まれるそうだが、食べてゆけるのか」

「どうかな、上の子が病気だし、なるようになるだろう」

愉しいばかりでもない語らいは夜になっても続いて、ひとり二人と分別のある男から消えてゆくと、侘しさから空の月に気づくのだった。

その夜、家に帰ると、待っていたらしい母がジョイを見て目を丸くした。

「素敵な髪ね、リッチも腕を上げたものね」

「そのうちかあさんもやってもらうさ」

「酔っ払いは早く休みなさい」

それが最後の夜のことで、すぐには眠れそうになかったが、横になると意外にもあっさり夢に落ちてしまった。ジョイと二人で建てた家に互いの家族らしい人影がいて、なにかのパーティをしているところであった。夢の中の彼女はまた少し大人になって美しい髪を背中に垂らしている。マルコに酒のグラスを差し向けながら、

「お帰りなさい」

と言ったり、ほっとした顔で見つめたりした。家には本物のガラス窓があって、外に明るい海が見えていた。

次の朝、簡単な身支度をして住み馴れた線路際の貧民街を後にするとき、彼はひとりであった。ジョイとは家の中で別れることにして軽く抱き合うと、いつのまにか女らしい体になっているのが分かった。かすかに髪が匂い、いくらかましになった前途が匂った。彼女はしばらく兄の肩に額を押しつけて、ありがとう、兄さん、ありがと

う、と彼にだけ聞こえる声で呟いていた。そのために人生をかけて、未来を失うことになるかもしれないことにマルコはまだ気づいていなかった。悲惨な戦場の現実は遠い霞の中にあって、どん底の若さを脅(おびや)かすものではなかった。

街角に立つと、アスファルトの道はすっかり乾いていたが、疾走する車が多く、風が蒸し暑い。青空を取り戻した街に人が湧くように、十代の雨季を凌いだ喜びが胸に広がってくる。もう脅(おびや)かされることはないと思いながら、まだしばらくは続くジョイの苦痛を思うと、こうなる前に二人で出てゆくべきだったとも思った。

やがて車道の端を流してきたトライシクルをとめて、彼は乗り込んだ。屋台を押すなら基地まで歩いてもよかったが、身軽になりすぎたせいか、そんな気にもなれなかった。小綺麗な乗物になったバイクタクシーに揺られていると、いっとき豊かな気分に浸れる。炎天と排気ガスの道を恨みながら、屋台を押した歳月が遠退いてゆく。気を変えて前夜の愉しい夢を思い出すうち、馴染み深い街の景色は流れるように過ぎて、ときどきマンホールの蓋が光った。

ニキータ

日没にはいくらか間のある夕方、ホテルの五階にある鮨屋で妻を待っていると、ぽつぽつと顔見知りが入ってきたので、ベンは目礼を交わした。旅行社の駐在員や免税店の主人であったりするが、鮨屋では挨拶も控えめになる。せっかくの鮨がまずくなるので滅多に仕事の話はしないし、互いを無視することが礼儀になることもあった。

「遅いですね、小柱（こばしら）でもつけますか」

十分もすると店長の板前が気を遣い、

「そうだね、もう来るだろうから」

ベンは好物をもらった。ホテルに勤めはじめたころは高くて手の出なかった鮨だが、昇進を重ねて収入も増えた今は小さな贅沢ほどのものになっていた。なんでも輸入する島の物価は高く、外国資本が観光産業を興（おこ）し続けてネイティブの人々は安く使われていたからである。そのうちホテルが乱立して人材不足になると、能力のある人はどこでも重宝されて、転職する度に地位も給与も上がっていった。小さな島のことで、ヘッドハンティングはすぐに知れ渡った。

「ベン・クルーズですか、彼はもう動かないでしょう、今の仕事に満足していますし、やっと落ち着いたところですからね」

人にそう言われるようになるまで彼はよく働いて、そのために結婚は遅くなったが、幸せな家庭を築いていた。中古だが庭付きの一軒家に暮らして隣人にも恵まれ、車も二台ある。客室部門のマネージャーを務めたこの三年間の実績は悪くなく、さらに上を目指すなら同じホテルでよかった。

常夏の島のホテルは夕暮れが心地よい。海もプールも静まり、人も落ち着く。本当は潮風の感じられる屋外のバーでくつろぐのがよいが、小島の鮨屋にしてはここの鮨は種(ねた)がよく、値段も良心的なので宿泊客よりも島の住人がよく来る。握るのは短髪の日本人で、浴衣(ゆかた)を着たフィリピン人の女性が給仕や会計をしている。客の多くは日本人かアメリカ人かネイティブで、ときに韓国人や欧州人が加わり、世界の美食となった鮨を堪能する。本場の日本では舌鼓(したつづみ)と言うらしい。

板前の背後はガラス張りで、日没の遅い海が見渡せるカウンターは開放的であった。夕陽の中を出てゆくサンセットクルーズの船影が見えることもある。何度見ても飽きないことは素晴らしいことで、ベンの密かな愉しみであった。海辺のヤシとコーラルリーフの美しい島が無闇に開発されて久しいが、どうにかこの眺めが残るから許せるのであった。

島はアメリカ領で、島民の過半数は東南アジア系の顔をしたアメリカ市民ということになるが、西太平洋の小島の本当の持主はベンたちの祖先である。スペイン領だった時期もあれば日本軍に占領されたこともあって、支配者が代わる度に破壊され、殺され、異文化に染められ、発展もしながら原風景の乏しい島になってしまった。

島の北部にアメリカの空軍基地がある。南端の小村に生まれて大学へ進むゆとりのなかった彼は予備役となって人に誇れる自分を作り、実社会ではベルボーイからはじめた。家から勤め先のホテルまでは車で四十分ほどであったが、小島の時間感覚では恐ろしく遠い通勤であった。最も繁華な島の中部にホテルも働き口も集中していた。当時の客には日本からの観光客が多く、曾祖父を日本軍に殺されたベンには敵(かたき)に見えることもあった。特に年寄りを見るとそう思った。なぜ加害者である彼らが裕福で、被害者の子孫である自分たちが貧しいのか分からなかった。十把一絡げ(じっぱひとから)げの時間給で働き、家に食費を入れると、自由になる金はわずかであった。どの職場も管理職は白人かろくに英語も書けない日本人であった。

「俺たちは一生ベルボーイだな、年を取ったらそれもできない」

「その前にメインランドで一旗揚げるさ」

「向こうでも安く使われて放り出されるのが落ちだろう」

仲間は言った。ベンもそう思った時期が長かったが、台風で傷んだ家や自身の将来を考えると俯いてばかりもいられなかった。

「ジュニア、おまえは勤勉だから、きっと認められるよ」

と父も言った。膵臓を患っていた。

島は観光都市として豊かに見えるようになっていたが、小村の暮らしは恵まれているとは言えない。風通しのよい家と人間関係が残り、似たような隣村と啀み合い、たまに成功者が出れば羨み、嫉妬する。若い男は腕力を自慢し、女は恋愛を愉しむ。父親の分からない子が生まれても喜び、まわりも祝福し、育てる苦労が残る。おおらかでいながら視野は狭く、日常的に英語を使いながら英文学を読まない。それでも親の世代より豊かになろうとして成功を夢見る。美しい島で一生を送れることが、すでに幸せであることに彼らは気づいていなかった。

ベンの転機は前触れもなく二十五歳のときに訪れて、彼自身も周囲も驚いた。時間給のベルキャプテンがいきなりハウスキーピングのマネージャーに抜擢されたのである。登用してくれたのは少し前に別のホテルから引き抜かれてきた客室部門の新しい責任者で、日系アメリカ人の女性であった。ずっとベンの仕事ぶりを見ていた彼女は前任者の異動とベンの昇進を即決して、大胆な配置換えを行った。迅速で丁寧な仕事ぶりと多忙時の判断力が、時間との闘いでもある客室管理を任せる決め手となって異例の昇進をもたらしたのであった。もっとも期待に応えられなければまたすぐ異動である。

妹が妊娠し、父が失業していたときであったから、ベンは発奮した。収入が保証される月給である。残業も月給のうちだが、年収がまるで違う。しかも、ほとんど宿泊客と接しない仕事は彼の気質に合っていた。

「兄さん、働けるようになるまで助けて」

妹のアーリンダはシングルマザーになることを決めて、体調の優れない父と家でごろごろしていた。母は家から歩いてもゆける観光バスの停留所の売店で働きながら、いつか島風のホットドッグの店を出すことを夢見ていた。ディベロッパーのパワーショベルに比べればデザートフォークのような挑戦であったが、ささやかなところがかつての長閑(のどか)さを知る村人らしい夢であった。そんな一家の生活を守るためにベンは働いた。

ホテルは裏から見るとどこも戦場の忙しさであったが、清潔な客室を用意できなければなにもはじまらない。深夜にも旅客機が発着する島ではチェックインとチェックアウトが日に二度ある。バック・トゥ・バックといって二十四時間のうちに一室を二組の客に提供できるので、およそ業界の常識では考えられない客室稼働率が生まれる。それを可能にするのがハウスキーパーで、機械並みの正確さと機敏さがなければせっかく空いた客室も売れない。ベンの仕事は彼らを指揮して効率よく美しい客室を用意することであった。むろん手抜きは許されない。

彼はそれをうまく熟(こな)した。ときにはマジックのようにやってのけたし、危ないと感じたときには自らベッドメーキングをして切り抜けた。働くことは未来を切り開くための闘いであった。敵はひっきりなしに押し寄せてくる団体ツアーであり、睡眠不足でくじけそうになる自分であった。とにかく時間までに部屋は作る、それだけのことだが、毎日完璧にできないホテルがいくらもあって、

「ベンを貸してくれ」

といつしか本気で言われるようになっていた。ホテル間の人材の取り合いは日常茶飯事で、新しいホテルが建てば尚更である。目をかけてくれた上司の女性が転職すると、彼も好条件で呼ばれて経験を積んでいった。ベルボーイからはじめて客室部長に

なるまでにはそれなりの歳月を要したが、人口の少ない島という特殊な環境の中でも早い方であろう。

「あいつがね」

と妬まれ、嘲笑されたこともある。かつての上司を使う立場になったこともある。どこのホテルも満室のとき、夜の空港に取り残された客を引き受けて急遽仮眠所を設けたこともある。そのすべてが勤勉さの勝利に終わった。

　性急な開発が続いて巨大なテーマパークのようになってしまった島には遊び場と店が増えて、四、五日過ごして帰ってゆく旅行者にはよいが、島民の中には嘆く人もいた。世界中で自然破壊の広がる時代の開発は望ましい発展とは言えず、太平洋に浮かぶ遊園地になるより静かな島を取り戻したいと願うのであった。よい働き口が増えて、商売が盛んになって、生活が豊かになるほど、島に溢れる贅沢と虚飾が目について疑いたくなる。それはベンも同じで、ホテル街に近い住宅地に中古の家を買い、便利な生活に馴れながら、静かな暮らしを思う矛盾があった。

　そこへゆきつくまでに父を亡くし、妹が子連れで結婚し、母が念願の店を出すと、もう彼にできることはなくなっていた。自身の生活を築くときがきて周囲を見ると、大きな子供を持つ人が多かった。母の勧める三十近い村の女性と付き合い、気に入って結婚を考えるようになったのはお互いに計算のない、自然のなりゆきであった。十歳も年下であるのにドナはのんびりした性格で、小太りで、恥ずかしがりであった。一緒にいるとわけもなくほっとする人で、家業の雑貨店で働いていた。ある日、結婚を申し込むと、

「えへ、私でいいの」

彼女は言った。村の若い女たちの間でもベン・クルーズの名前は大きくなっていたらしい。彼はそんなことも知らずに繁華な街に生きて、働き、車を飛ばせば三十五分の帰郷を面倒に思うようになっていた。静かな島を愛しながら、地上に見たいものをなくして高層の窓から眺める景色でごまかしていたのだったが、あるときドナに言われて気づいた。

「子供には私たちの島を教えましょうね」

「どうせならマゼラン以前だな」

「そのころの夢を見たことがある、今の百倍もきれいだったわ」

手つかずの密林と潮の匂いを纏(まと)うドナこそ理想の島であった。

ベンの家で新婚生活をはじめたときには知り合ってから一年の歳月が流れていた。なんの不安も不都合もない穏やかな生活であったが、いつか村へ帰ろうというのが二

人の考えであった。十年後ならまだ働けるし、海辺のヤシの木陰に露店のカフェバーを出してもよかった。日中は年寄りが集まり、夜は若者が騒いでもいい。近所の犬もくるだろう。そうして田舎臭い、星空に哄笑(こうしょう)の似合う、ネイティブの島を残すのであった。

「いい夢さ」

と彼は思った。鮨屋のカウンターで物思うことなど初めてであったが、妻を待つ時間を愉しんでいた。明日は仕事休みで、久しぶりに村へ帰るのであった。

ゆっくりやっていた一本目のビールがあくころ、

「あ、いらっしゃいましたよ」

板前が言うより早く自動ドアが開いて、ドナが入ってきた。丸い顔に自然な笑みを浮かべて、常夏の明るさを振りまいてくる。日本人より黒い髪が自慢で、昔の島の女のように長く伸ばしているのがセクシーであった。ベンのとなりに掛けると、いくらか恥ずかしそうな顔を寄せて彼女は耳打ちした。

「二ヶ月ですって」

「え」

聞き逃しそうな小声であった。

「子供ができたのよ」

「間違いないのか」

「百パーセント、イエス」

「よし、お祝いだ、うんと食べよう」

新しいビールとコーラをもらって祝杯を挙げると、特別な夕べのはじまりであった。ガラス越しの夕景を眺めながら、ドナは好物のウニと穴子を何度もお代わりし、ベンはなんでも食べた。勘の鋭い板前が、なにかいいことでもありましたかと訊いたが、二人はにやにやするばかりであった。親に知らせる前に人に言いたくないのだった。しゃりの見える鮨は食べやすく、胃袋の落ち着きもよく、ベンはすっかり充たされていた。とても幸せだわ、とドナも囁いた。にこにこしていると、顔なじみのウェイトレスが熱い茶を出しながら、素敵な夜ですねと微笑んだ。

「その通りだね」

「本当よ、ありがとう」

二人は言った。それが戦争のはじまる二日前のことであった。

やがて予備役が召集されてベンも入隊することになると、彼はドナを村へ帰すことにした。母と暮らしてもらえば実家はすぐそこだし、少しは安心していられる。

ホテル街は閑散としてメインストリートでも休業する店が増えていたし、そのうち幾つかのホテルは軍に接収されるという噂であったから、女がひとりで街に暮らす意味がなかった。空爆にしろ巡航ミサイルにしろ標的になるのは軍の施設や中心街であるから、却って危険であった。

「小さな島だから丸ごと吹き飛ばされるかもしれない」

「そうならないようにするさ、とにかく村へ帰ったら食料を溜めて防空壕を作れ、もし島を脱出するようなことになったらメインランドを目指せ、太平洋の島はどこも危ない、いいな」

「怖いわ、いったい彼らはなにがほしいの」

「地球だよ、今の大量破壊兵器と非情な戦略で征服するとしたら大したものは残らないはずだが、本気で神になれると思っているらしい」

軍事専門家も情報局もそうみていたが、ほしいとなったら手段を選ばない地球規模の破壊分子であった。子孫のために限られた資源を守り、食料となるものを育てることを知らない、武装したイナゴである。世界の人々と平和に暮らすことより奪うことを生き甲斐にして、君臨しようとする。強欲で、人間や社会のよりよいありようを追求する思想などなかった。

その日がくると、彼はドナを車に乗せて基地へ向かった。二人には最後になるかもしれないドライブで、ドナは基地に着いたら同じ車で村へ帰るのであった。そこで子供を産んで、歩けるようになるまでに終戦の日がくるかどうか。きたとしても独裁的な組織に隷属する敗戦国の母子ではすべてが心許ない。

ベンは車をゆっくりと走らせた。快晴の朝であったが、北へ向かう道は海岸線から離れて美しい海は見えない。途中から自動運転に切り替えると、まわりの景色は目に入らなかった。人家が絶えて環状の道はひっそりとしている。

「目薬は持ったの」

とドナが訊いた。

「ああ持ったよ、軍隊でももらえるから心配しなくていい」

「でも病院の目薬だから」

「軍医がいるし、困ることはないさ」

ベンは気もなく応えながら、あと三十分でなにができるだろうかと考えていた。基地へ着いてしまう前になにか有意義な話をしておきたいと思うが、一分が十秒の速さで過ぎてゆき、なにも思いつかない。戦争という悪夢の前ではホテルマンとしてのキャリアも築いた生活も意味を失っていた。運よく帰れたとしても、なにが待つか知れなかった。

二人は前途を約束するあてもなく前方を見ていた。車は彼らの意志に関わりなく目的地へ向かっている。最後のドライブインを過ぎると、あたりは鬱蒼とした樹林であった。

「おかあさんに言付けがあるなら聞いておくわ、そのうちセルフォンも使えなくなるかもしれないし」

しばらくしてドナが言ったが、ベンは急に空気が重くなるのを感じた。沈黙を嫌って彼女も言葉を探したのだろう。しかし未来の遺族の声に聞こえた。

「戦争が終わったら、家族みんなでずっと村で暮らそう、そのために頑張る、そう伝えてくれ」

彼はそう言った。

「昔のように魚を獲って街へ売りにゆくか」

「お鮨屋へ卸すのはどうかしら、きっとシイラも素敵なご馳走になるわ」

「悪くないね」

ら残っているかどうか分からなかった。じきに母親になるドナも縋(すが)りつくものをほしがっていると思った。手を握ると彼女は震えながら、淋しくなるわ、と言ったきりまた黙った。やがて車はジャンクションから横道へ折れていった。

道の奥に基地の検問所が見えてくるとベンはいったん車を止めて手動運転に切り替えたが、足がアクセルを嫌って、車はのろのろと走った。

「もうすぐだな、気をつけて帰れよ」

「馴れた道だから大丈夫よ、三人で待っているから必ず帰ってきて」

返事のかわりに彼は妻を見つめた。不意に大事なことを思い出したのであった。足はブレーキペダルを踏みしめていた。

「子供の名前を決めておきたい、たったいま思いついたんだが、男ならワイアット、女の子ならニキータというのはどうだろう、どっちも生き延びる名前だ」

「ニキータ・クルーズ、いい感じね、それに決めましょう」

ドナはうつむいてお腹(なか)をさすった。

「女の子がほしいのか」

「ごめんなさい、実はこの前の健診で分かったの、でもなんだか言えなくて」

「そうか、女の子か、可愛いへアピンやリボンがいるな」

ベンは言いながら、少し大きくなった娘の容姿を想像してみた。ドナがおおらかな優しい母親になるのは分かっていたから、ニキータも伸び伸び育つだろうと思った。たぶん髪は縮れて長く、体はふっくらとして、目がくりくりしている。この幸福な想像は彼を笑顔にしたが、十秒とつづかなかった。ふとその姿を実際に見ることはないのだろうかと考え、たちまち青ざめた彼は窓に向けて重い吐息を吹きかけた。そのときはニキータも父親の愛情を知らずに生きてゆくのであった。

「ねえ、私たち本当にどうなるの」

とドナが声を震わせた。

「むろん生き延びるさ、どんなことをしても静かな島を取り戻してみせる」

そのときになって彼はしかし、自分がもしかしたら失うものよりニキータが父親を失うことの方が遥かに重いのではないかと気づいた。父たることと子であることの幸福を奪う者がいるなら戦わなければならない。ほかに彼が戦場へ向かう理由はなかった。

立て続けに発進する爆撃機と迎撃ミサイルの爆音が聞こえて車の窓を開けると、熱風が吹き込んできた。島の新しい風である。時計を見ると集合時間の二十分前であったが、言葉が尽きてしまい、未来を語ることが恐ろしくなっていた。あとからきた車が警笛を鳴らして追い越してゆくのを二人は青ざめた顔を並べて見ていた。それが夫婦の記憶として残る最後の情景になるかもしれなかった。

みごとに丸い月

　夜が明けて間もない一日のはじまり、みずみずしい若葉の気配に誘われて庭へ出てみると結構な朝露であった。芝が痛いほど立っているのでサンダルで歩くナタリーの足はすぐに濡れたが、かまわずに歩いた。大学の研究室へ急ぐこともなくなり、裕福な院生の一日は閑暇(かんか)になっていた。

　高級住宅地にある家は敷地が広く、高い塀が巡らしてある。石段の多い宮殿風の家は父の趣味で、西海岸らしいヤシの木と広葉樹の庭は母の好みであった。プールより大きな池には錦鯉が優雅に遊び、池端にはそれを眺めてもらう来客用の離れがある。四人家族には広すぎて、いずれ持て余すことになるに違いないが、人生の成功者であることを誇るのに家ほど格好なものもないのだった。アジアの母国で成功し、移住しても成功した父の資産の象徴であり、顕示欲のあらわな張りぼての家でもあった。もっとも彼にとっては小さな散財に過ぎない。

ホウ家の隆興は母国のそれと重なり、国威の産物と言う人もいる。けれどもそれ以上の商才が父にはあって、不動産売買にしろ株取引にしろ利益を逃したことがなかった。目のつけ所がよいのと、見切りのよさが彼流の商法で、冒険はするが強引に儲けるようなことはしなかった。そこが母国の事業家と違うところでもあった。

ナタリーは十代のときに一度だけ両親の国を見たことがあるが、生活習慣の違いに戸惑い、マナーの悪さに唖然として、同じ顔立ちをした別の人種を感じたほどである。母国というよりは親戚のいる外国で、言葉は通じるものの、大切にするものが違った。そこでは彼女も兄も外国人でしかなく、そう感じてしまうと居心地がよいとは言えなかった。そのときから、いつか帰るべき国という思いは怪しくなってしまった。

「大人になればまた変わるさ、人間は原点を無視できないものだ」

と父は言った。

「民族の誇りは捨てられないだろうな」

兄のトーマスも分かったようなことを言ったが、母国の文化や生活に興味があるようには見えなかった。親が移住し、定着した国で生まれ育った子供にとっては、そこが母国の感覚である。現に英語が母国語で、中国語は第二言語であった。近所にも似たような家と家族がごろごろしている。

移民の二世には親の言語を面倒に思う人もいて、家でも英語で通したりする。学校や街で通用しない言語は重荷でしかなく、バイリンガルを誇れる国でも時代でもないからであった。むしろ砕けた会話と美しい英語を使い分けることに彼らは努力する。

やはり中国系アメリカ人で幼なじみのアナメイもそのひとりであった。ナタリーとは親同士が同郷という近しさで、進んだ学校も大学まで同じであったから姉妹のように気心が知れていた。二人はどこで会っても英語で話し、平均的なアメリカ人のメンタリティを見せ合いながら、人間の好みや差別される感覚を共有した。

「私たち、立派なアメリカ人よね、働いたら税金も払うし」

「もちろん」

「じゃあ、なんでアメリカ人に見えないの」

あるときナタリーの家のパティオでそんなことを話した覚えがある。母が近所に呼びかけたランチョンパーティのときで、中国系の住人が大勢集まっていた。中国人のコックが中華料理を並べ、中国語が飛び交い、まるで北京大学の同窓会のような雰囲気になってゆくのをアナメイが軽蔑の目で見ていた。ナタリーは母のいつもの道楽に付き合う気持ちでそこにいたので、友人ほど敏感になっていなかった。

「こうして同じ民族で固まるのがよくないのよね、自由の国でわざわざすることじゃないと思う」

「それはヒスパニックもインド人も同じでしょう、生活習慣や安全の問題もあるし」

「でも、彼らとはなにか違う気がする」

「それなら分かる、たぶん、お金の匂い」

ナタリーは感じたままを言ったまでであった。およそ例外なく金儲けの話が好きで、財を築くことに熱心な人たちであった。二世にも親のコピーのような人がいるが、まったく別の人生を模索する人もいて、彼らは精神性も価値観も親のもとから離れてゆく。アナメイは明らかに後者で、ナタリーはその八割方の異端であろうか。残る二割のところに説明のつかない民族が棲みついていた。論理的なアメリカ人の主張と異なり、責任転嫁の理屈が口から飛び出すときがあって、かっとなると屁理屈でもなんでも相手を論破せずにいられないところがあった。そのくせ自分でも不愉快な思いをするのだから、始末が悪い。一生ついてまわる民族の血というものなら、それこそ始末したいと思う。

大学で生物学を専攻した彼女は細胞工学の研究に関わってきたが、むろん利欲のためではなかった。金品なら家にあるし、増やすことを生き甲斐にしたいとも思わなかった。そこがすでに父とは違うし、豊かな生活に憧れる貧しいアメリカ人とも違った。

しかしこの国の自由を愛し、暴力と人種差別を嫌い、生活文化を愉しみ、何者かになることを夢見ながら、いつまでも民族の枠から出られずにいる半端な存在でもあった。容貌は変えようがないが、アナメイが嘆くように決定的ななにかが足りないのだった。

　大学の研究室の仲間でボーイフレンドのイーサンに話すと、

「移民や難民の子孫が違和感のない国民になるまでには長い時間がいる、個人の問題として考えるなら、自分で自分を変えてゆくしかないだろうな」

　そう言った。マレー系の移民の家に生まれた彼もアメリカ人としての人生を模索していて、ナタリーが両親の友人や中国系コミュニティの人たちより近しく感じるのもそのためであった。そういう若者がこの国には大勢いて、親とは別の可能性を考え、虚勢を張りながらも思うようにコミュニティの埒を跨げずに小さくなっている。貧しい移民には生活の問題があるし、なにかと危険が多いことも分かるが、新世界でコミュニティに籠るようでは母国を出てきた意味がなかった。

　それを言うと、父はどこで暮らそうと民族は民族だと言い、アナメイは自分は自分だと言い、イーサンは生きてゆく国に属すのが自然だと言った。ナタリーはともにアジアに生きたこともない身で同胞の誼みにとらわれてはつまらないと思った。

　まだ研究室へ通っていたころ、彼女はいずれ博士号を取るようにすすめられたが、論文が苦手なこともあって、そこまでは無理だろうと思った。研究や実験にそそぐ集中力ほど理論的な英文を物する才がなかったし、文章を鍛える時間もなかった。そのくせ中国語でなら書ける気がするのが皮肉だった。早々と親の言語を捨てたイーサンと違って、アメリカ人として立つ位置が半端であった。自分の中にある二割の民族が頼りなく思えてくるのも故郷の人々との密な関わりがないからであろう。父や母はなんのために母国を離れてアメリカで暮らすのかと考え、豊かさと成功を味わうためだろうかと思った。それも人生には違いないが、生きてゆく国や生活環境や自由の重さを金で量る人間そのものが小さいような気がしてならない。彼らの目に世界はどう映っているのかと疑いたくなる。

「論文くらい教授に手伝ってもらうか、誰かに書かせればいい」

そういう父にも彼女は反発した。金銭で買えないものはないと考える高慢な人でもあった。共産主義という名の窮屈を嫌いながら同胞のコネクションを最も信頼し、コスモポリタンを気取りながら他人の庭を顧みない。生きてゆく場所として自ら選んだ社会の問題には目をつぶり、私利を追い求めるばかりであったから、貯まるものは貯まり、いっそう豊かになってゆく。

だが、それも世界がおよそ平和だからできることであった。軟禁状態の今は絵に描いた餅を眺めるだけで何もできない。開戦のとき入港していた母国の商船に乗り込み、恩恵期間を利用して帰国することもできたが、彼らはしなかった。愛国心よりも私欲が強く、財産を失うことを恐れたのであった。

「戦争はいずれ終わる、なにもかもそれからだな、しばらくの辛抱さ」

父は他人事（ひとごと）のように言い、

「どうかな、この顔と名前で終戦まで無事でいられるとは思えない、このままでは強制収容所へ送られるか、スパイ容疑で戦犯にされるか、なんらかの形で召集されるだろう、いずれにしろ傍観者ではいられないよ」

兄は激しくなる一方の中国系市民への締めつけや露骨な敵愾心（てきがいしん）を恐れた。世界の人々を巻き込む戦争が起きてから親子の意見は噛み合わなくなって、父が息を殺せば兄は気を吐いた。彼がやがて辿り着いた結論は、自分の属す国のために自分の属す民族と戦うことであった。両親の国から見れば売国奴か裏切り者ということになるが、アメリカで生きてゆくことを選んだのだから仕方がなかった。ナタリーはイーサンもゆくのだろうと思い、沈んだ。彼も自分も大学の研究室へ戻れる日がくるのかどうか分からなかった。

街角や通りに兵隊のいる眺めはすでに檻の息苦しさに等しくなっていた。互いの家を見張るコミュニティの目もある。故国と通じて諜報活動をしている者がいるという噂であった。戦争の勝者によってはそれも生き延びる道かもしれない。ホウ家の四人はじっとしていることにも疲れて、じわじわと現実みの増してくる収容所の生活を恐れはじめた。そのうち兄が志願して入隊した。アメリカへの忠誠心というより自身の未来を守るためであったが、その市民らしい行動が一家の進路を決めることにもなった。

父が星条旗を掲げたパティオの隅で母が本を開くのはあてどない気持ちの表れであったから、池の方にとまったままの視線を見るとナタリーは歩いていった。昼下がりの庭は陽射しに満ちて暑いほどであった。

「どうしたの、お茶も淹れないで」

「あまりに空がきれいだから、ちょっと本でも読もうと思って」

母の手許にあるのは子供たちが回し読みしてくたびれた「アイ・ソウト・マイ・ファーザー・ワズ・ゴッド」で、普通のアメリカ人の意外な人生模様が並んでいる。彼女は自嘲とも含羞ともつかない笑みを浮かべながら、

「今さら言うのもなんだけど、アメリカ人のことをちっとも知らないような気がしてきたの、知らないから怖いのね」

そう言った。

「私たちもアメリカ人でしょう」

「国籍はね、でも心の持ちようが全く違う」

「私はそうでもない、普段使う英語自体にアメリカが入っているし」

ナタリーはずっとそう感じてきたが、同胞のコミュニティに生きる母は故国を引きずる分だけアメリカ人になれずにいた。戦争が勃発して敵と味方を決めなければならなくなったとき、母の気持ちは揺れたに違いない。自由の国の人間として戦う意志を持つか、築いたものを捨てて民族のひとりに還るか、迷ううちに兄が決めてしまったようなところがあった。その兄も生還できるとは限らない。ホウ家が裕福な移民のままではいられないように、拡大してゆく大戦の渦にナタリーの若さも呑み込まれようとしていた。

「あなたは思い切りがいいわね」

「世界は戦争よ、早く終わらせたいだけ」

「それはそうねえ、十年も続いたら女も終わりですから」

母の声に威勢がないのは生活の愉しみが消えてゆくからで、五十代の女の計算は単純なものであった。思い出に遊ぶ歳でもなかろうに掠れてゆく前途に為す術がない。この街でのほほんと暮らしてゆけないことが母の見つめる現実であったが、ナタリーのそれはアイデンティティとの闘いでもあった。自分なりの結論は出ているとはいえ、やはり二割のわだかまりがある。アメリカ人として両親の祖国と戦うことは自分で自分の足首を切るようなもので、コミュニティとの関わりや大学での研究も含めて身の振り方を考えるときがきていた。彼女の若さと境遇で、戦争の重みをただ受けとめているわけにはゆかなかった。

もうどこか懐かしいものになりかけている庭を見ていると、引きとめようもない娘の決断を恨みながら、

「支度はできたの」

と母が訊いた。

「ええ、とっくに」

「この家も無駄に広くなるわね」

ナタリーは髪を切り、なんとなしに白いブラウスを着ていた。夕方には軍の迎えがきてアメリカの兵籍に入るのであった。配属先は情報部で、戦争が終わるまで帰れな

いと聞いている。どんな任務が待っているのか知らされていないが、たぶん容貌と語学力を買われたのだろう。口外は固く禁じられていたので彼女はアナメイにもイーサンにも知らせなかったし、お別れの電話もしていなかった。するうち今日がきてしまった。

「生き延びればなんとでもなる、適当にやっておけ」

と父は変わらなかった。戦後の金儲けを張り合いにして暗い時代を生きてゆける人であった。そういう商魂がナタリーには受け入れがたいものになって、永遠にアメリカ人になれない民族性（エスニシティ）を感じてしまうと素直にうなずけなかった。父も母もアメリカの社会を利用して生きているだけだと思った。アメリカで生まれた娘はアメリカの細胞となって自分の生息域を守らなければならない。

午後も遅くなってアナメイが電話をしてきたのは、ある忠告のためであった。通話は盗聴されているので疑われるような話はできないが、彼女は隠語を使ってアメリカは危ないと言い出した。知り合いに頭のおかしい人がいるとも言った。

「ありがとう、気をつけるわ」

「イーサンは元気かしら」

「さあ、連絡がとれないの」

「きっと入隊したのね、彼は顔立ちの違う仲間だけど、同じ顔をした敵もいるから油断しないで」

親友は近くにいる親中派の存在を告げたのであった。コミュニティの干渉は予想したことだが、本気でアメリカを裏切る人が出るとは思わぬことであった。今は同盟国に不利な戦局であったから、打算的な愛国心に目覚めたか戦後の身過ぎを優先したのだろう。

「二階の窓から通りを見て、西側の赤い門の家がそうよ」

一方的に告げて電話が切れると、ナタリーはその家を見た。母の友人の家で、長く親しくしてきた人たちであった。遠来の客があればアメリカを自慢した人たちが、敵側に寝返る。たまらない気がした。庭を見ると母の姿はなく、ヤシの葉が揺れて、その一枚が今にも落ちそうであった。

いつのまにか機関銃を手にした兵士が門の前に立ち、軍の迎えがきたのは日も沈みかけたころである。家の中で両親に別れを告げて出てゆくと、黒い乗用車のそばに真新しい軍服の将校が待っていた。背の高い中年の白人で、若い女の覚悟を探る目であった。ナタリーは黙って不躾な顔を見上げた。その向こうに月が出ていた。

「イエン・ホウさんですね、荷物はそれだけですか」

「はい」

「たくさんの目があなたを見ています、私を恋人と思って抱きついてください」

将校が言い、ナタリーは考える余裕もなくそうした。硬い肉づきの男はそれらしくナタリーの腰に手をまわして、上手ですねと囁いた。そのときになって、彼女は中国系の女がアメリカの協力者になることをわざと住民に見せているのだと気づいた。父が心もなく庭に星条旗を掲げるのとは意味が違うし、見た人は自身のとるべき道を考え、決断するだろう。将校の手が離れると、彼女は赤い門の家に目をやった。もう相手が誰であれ堂々としなければならない気持ちであった。

「携帯電話と銃をお預かりします」

「銃は持っていません」

「すぐに支給します」

まもなく将校とともに車の後部座席に乗り込むと、運転手の横顔が見えて親しい面差しであった。車が発進する前に彼女は思い切って訊ねた。

「イーサン、あなたなの」

「いいえ、彼は自分の弟です、二週間前にベリーズの市街戦で戦死しました、誇りに思います」

運転手は言って車を走らせた。不意だったのでナタリーは衝撃を受けた。あのイーサンがもういないのかと暗然としながら、身近な人の死が教えてくれる現実の冷たさに震えずにいられなかった。せめて六十年の人生を送ることができたら、細胞工学の分野で時代の牽引車になれる人であった。そこに彼女の夢も大きく重なっていた。

もしかしたら終生の伴侶であったかもしれない人を思いながら、彼女は窓の外へ目をやった。どこか近くにいそうな霊にお別れを言いたかったが、鎮魂のしようがなかった。分別があって、よく人を許した男が目を剝いて戦ったであろう姿はおぼろにしか浮かんでこなかった。つまらない言葉を手向けるかわりに彼女は大切なものを奪った民族とその場で決別した。いつも付きまとう二割の迷いはもうなかった。戦争が終わって、もし運よく生きていたら、この窮屈な街からも出てゆこうと思った。ほかに自分らしい人生を勝ち取る方法もないように思われた。

車は街角の検問所を抜けて、やがて薄暮の海岸線を飛ばしはじめた。将校は無言で、軍用無線から人の祈りのように聞こえるサックスのジャズが流れていた。彼女は将校に負けず胸を張りながら、車窓を追いかけてくる月をじっと見ていた。それは完璧なアメリカ人となったイーサンを思わせて、磨き抜かれた玉のように丸く、蕭条とした海の真上に静止しているかに見えた。

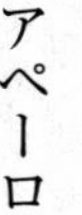
アペーロ

房総半島の小さな漁師町から久しぶりに出かけてみた千葉の街は息苦しいほどの雑踏であったが、千紘は蚤の市で好きなレコードを見つけた。年に一度だけ公園に立つ古物市には様々な店が出て、運がよければ掘り出し物に出会えるのであった。もっともその場で聴くことはできないので、見かけよりひどく傷んでいることもある。そんなときはジャケットを眺めるだけでもよかった。

「今どき、レコードとはねえ」

「あなた、変わってるわね」

とよく人に言われるが、レコードの方が深い音に聴こえるし、慎重に針を置いたり上げたり、律儀に回転する盤を見ていたりする時間も好きであった。進化するテクノロジーの利便性よりも時代遅れの優しさに充たされるのだから、人間が古くできているのかもしれない。ボヘミアンではないが会社人間でもいられない男が勤めを辞めて漁師になってから五年が経つ。海の仕事はきつく、収入も減ったが、身近に大自然を感じる暮らしは落ち着くし、食べてゆくことを生活というなら十分な質と自由であった。

その日の収穫は一九六〇年代リリースのバーデン・パウエルで、遠い日に廃れたギターのボサ・ノーヴァであったが、そんなものが出てくるのも市の恵みであった。彼の中では今も快い音楽で、サンバを捨てられないブラジル人がなぜサンバから生まれたボッサを捨てたのか理解に苦しむほどであった。利器に振り回されて忙しくなる一方の現代人を慰めてくれる詩的な曲も多い。一枚の古いレコードに充たされると、彼はほかのものには目もくれずに歩いていった。帰って渚月に見せたらなんと言うだろうかと思いながら、ワインとボッサの潜熱的な夜を思い合わせた。

昼下がりの喫茶店で一休みしてから市内にある実家に寄ると、専業主婦の母が庭に出ていて、あら、どうしたの、と垣根越しに目を見張った。気が向いたら寄るつもりでいたので千紘は連絡していなかったが、母はやはり嬉しいらしかった。

「雨が降るかもねえ」

そういう人に真っ黒に日焼けした顔を見せながら、彼は彼で自分とは違う人種を見ていた。大卒で就職した一流企業を辞めて転職するとき、泣いて反対した人であったから、未だに息子の生活や将来を信じていないところがある。一日を危険な海で働き、夜は仲間と酒を酌み、好きな洋楽の調べに休らう。母の目には野蛮な営みであった。けれども漁場に出て魚を獲るだけが漁師ではなく、乱獲で激減したアワビの再生を漁協や専門家とともに考え、調査や禁漁に取り組むのも彼らの仕事であった。岩礁に暮らすアワビは遠くへ移動しないかわりにオスとメスが一メートル以上離れてしまうと子ができないし、ただ稚貝を撒いてもタコやイセエビに食べられてしまうので、減らした人間が繁殖に手を貸してやらなければならない。都会育ちでアワビがなくても生きてゆける母にはぴんとこない話らしく、大学まで出てねえ、と白けた顔であった。しかしそういうことを専門にする研究者こそ大学にいるのであった。

平日の午後の家は母ひとりで、がらんとしている。定年退職後も働く父と、ひとり暮らしを嫌がる妹の収入で、古い建売住宅もどうにか生き延びている。妹が継げばいいと思う千紘はいつか帰る家とも思わなくなっていた。それを言うと妹は喜び、両親はがっかりする。老後を考える歳になって、長男が家を出たのは衝撃であったかもしれない。同じ県内にいるとはいえ、生き方も大切にしたいものも親とは違う子であったし、心では子を頼りながら、いつまでも頼りなく見る親であった。

お茶を淹れて台所の食卓にくつろぐと、

「きちんと食べているの」

と母が訊いた。千紘は料理をするし、美味い弁当も作るので、そう言った。

「それにしては肥らないわね」

「重労働で消耗するからね、漁師が船で作る料理は単純で美味いよ、海の塩加減が最高だね」

それは本当で、ゆるやかな自然の恵みが細胞を解して体の力になるような気がした。都会の一見豊かな生活にはない簡素な循環が海にはあって、そのお蔭で漁師たちは生きている。だから獲るだけでなく返しもする。時間も手間もかかるが、その夢が今は愉しい。

「人生を愉しむのはいいけど、夢ばかり見ていると老けた子供で終わるから」

それこそ夢を見ない人の理屈であった。

彼はまだ自前の船を持たないが、親方や先輩から学んで独立を考えるところまできていた。大金がいるのでローンを組まなければ船は買えない。信用組合に勤める渚月が試算すると、返済に二十年はかかるということであったから、そのころ何歳になって何ができるか彼は計算し、独立するなら少しでも早い方がよいと思った。人生設計らしいことを考えたのは初めてで、欠けているのは資金と妻であった。

船のことを話すと、母は漁師の一生を決めてしまう息子にがっかりしたらしく、勝手にしなさいと言った。それでいて金銭的な援助を口にするのも同じ人であった。

「これが家なら援助のし甲斐もあるのに」

「そろそろ結婚することも考えている」

千紘はさりげなく恋人の存在を匂わした。

「誰かそんな人がいるの」

「約束したわけじゃないが、たぶん同じ気持ちでいると思う」

「一度会っておこうかしら、いつかお世話になる人かもしれないし」

母は軽く言ったが、世話になるというのは本音かもしれなかった。老人介護の時代の理想の嫁が優しい力持ちであってもおかしくはない。自分の生活を築くことが先決の千紘はそこまで考えていなかった。たぶん母の世代なら長男失格であろう。

「この歳になると、十年も二十年もあっという間よ」

「紫織（しおり）がいるさ、俺も頑張る」

彼は妹を出しにして母の気持ちを躱（かわ）した。

都会の平均的な家庭に生まれて、とりわけ裕福でもないのにぼんやり育ってしまったせいか、目覚めた今が活動期であった。彼が家を出るまで家族の有るか無しかの目的は平凡な暮らしを維持することにあって、なんとなしに結ばれていた。それぞれが情熱や志とは無縁の生き方を好んで、普通であることの居心地のよさを愉しむだけであった。彼がそういう家族の在り方や会社勤めに疑問を感じたのは突然のことである。社員食堂で合成樹脂の食器に盛られたパスタを啜る同僚を見たとき、自分には違う生き方があるのではないかと閃いた。父や母に言わせると、そう思うこと自体が子供だということになったが、彼は踏み出す方を選び、安全な人生のかわりに情熱を手に入れていた。危険な海から生きる力をもらい、自信がついて、男らしくもなった。だが母はそのことに満足する気配がなかった。息子が人生の成功者になることを望んで、そこに老後の自分を重ねる。成功を味わうのは親ではないか、と千紘は皮肉になった。独立を考えるようになった今でもその溝は埋まっていないが、突きつめて論じることにもならない。棲息域を分けたことで、それぞれの生活が無事に流れているだけである。

「子供ってむずかしいわね」

母が皮肉をこめて言えば、

「親の苦労は少し先にとっておくよ」

と千紘も言った。手土産の地海苔をテーブルに出しながら、漁師町の女のたくましさを見たら、母は腰を抜かすだろうと思った。渚月は渚月で都会のこぢんまりした家と女を窮屈に見るに違いない。この生活環境も金銭感覚も違う女二人が同じ台所に立つ日を千紘は想像できなかった。

話題の尽きるときの気づまりを嫌って早めに家を出ると、半ば務めの訪問を終えたことに彼はほっとした。母の援助は魅力だが、辞退するつもりであった。そのためにきたのでもなかった。

年々よそよそしくなる街の通りを歩いていると、遠く離れた街へ帰ってゆく人間の感傷と気忙しさとが闘って、これも人生の変わり目だろうかと思った。海辺へ運んでくれる電車に乗るまでが、たゆたう時間であった。とる道を間違えたわけでもないのに、どうしてか肉親と会うのが億劫になってきている。素直に語るほど彼らには通じないものがあるからか、怒鳴られても笑われても海の仲間といる方が気楽であった。ひとりでも充たされる場所があることに今は生活を感じたし、現実みのある夢も大きく膨らんでいる。だがその夢も、かつて一家が漠然と望んでいた安全な未来も、平凡な過去を残して消えようとしていることにまだ誰も気づいていなかった。

海辺の崖下に建つ家は港から一跨(ひとまた)ぎのところにあって便利だが、建て付けが悪く、波音が騒がしい。風の強い日は庇(ひさし)が震えるし、窓ガラスも鳴った。そんな古い家にも山側の一室にわずかな静寂があった。

日が暮れて渚月がやってくると、千紘はそこでワインを開けた。板敷きの部屋には小さなテーブルが置かれて、カラフルな手料理が並び、バーデン・パウエルのギターが囁いている。今日は泊まるという女のために彼は最上の夜を用意していた。果たしていつもと違う雰囲気に渚月は目を見張った。

「悪くないだろう」

「素敵ね、まるで夢のよう」

「半分はバーデンの魔法かな」

千紘はこういうときのために出し惜しみしてきたレコードを自慢した。今でも親しみやすい、美しい曲の数々である。レコードは前の持主に大切にされたとみえて、傷らしい傷もなく上等な音を出していた。男と女の語らいを後押ししてくれる音であり、会話が途切れたときの沈黙を救ってくれる優しい音でもあった。中でもショパン風の「哀訴(アベーロ)」という曲が彼のお気に入りであった。

美しい思い出になるであろう夜のために彼らは乾杯した。勤め帰りの渚月はデイパックから煙草を取り出して、灰皿のないのに気づくと我が家のように台所へ立っていった。千紘は漁師になってから、煙草を吸う女を嫌だなと思ったことはない。よく働いて一服するときの表情にはふと気がかりを思い出したような翳りや、重い一日を切り抜けた安堵が浮かぶからであった。この街には煙草も酒も恋も好きにする女がたくさんいて、中には銜え煙草で車を運転する年寄りもいた。皺だらけの浅黒い顔に海の女らしい風格があって、渚月もいずれそうなるような気がした。

彼女とは信用組合の相談窓口で初めて出会い、それからまもなく海岸通りのジャズバーでばったり隣り合わせたのが交際のきっかけであった。制服から私服になると女は雰囲気が違って、そばにいて心地よい女らしさであった。都会人の気取りや見栄とは無縁の普段着の感じがよかった。音楽と酒が好きなのかと千紘は思い、そんなことを話すと、

「ジャズは古いのが好きです」

と渚月は言った。

「サッチモとか」

「ええ、フィッツジェラルドなんかも」

「チーク・トゥ・チークだね、たしかデュエットのバックはオスカー・ピーターソ

ン・トリオだった、いや、あの歌はアステアだったかな」

「どっちも正解です」

なぜそんな古い歌を知っているのか不思議だったが、自分も似たようなもので、好きだから知ってゆくのだった。その晩から互いの音楽を語り、人間を探り、人生観を確かめ合ううち、結婚を考えることになるのもなりゆきであった。

灰皿を手にした渚月が戻ると、千紘はその日揚がったイサキの刺身をすすめて、赤いワインを注ぎ足した。地魚は地酒で味わうのが一番だが、ボッサには洋酒がしっくりするし、刺身にワインも悪くない。

「今日は食べながらゆっくり話そう」

分かりきっていることを言うのも特別な夜のせいであった。渚月はバーデンを気に入ったらしく、優しいが甘いだけでもない響きに聴き入っていた。ひとつの曲が終わると、充たされて吐息をする。千紘は幾度も聴いていたから、女の幸福そうな表情を眺めているだけでよかった。

「あ、この曲は知ってる、たしか女性が囁くように歌うでしょう」

「アストルーデの歌が有名だね、君の好きなフィッツジェラルドも歌っている、シナトラやサラ・ヴォーンもね」

興に乗ると渚月はよく飲み、一日を働きつめた海女(あま)の勢いで食べはじめた。恋人の前でも気取らない若さは間違えば不行儀なだけだが、渚月のそれは違った。大切な雰囲気を害さないし、おおらかな食べっぷりは見ていて気持ちがいい。千紘は女の変わらない姿と微酔い(ほろよい)とバーデンの巧みな演奏が織りなす夜をやはり美しいものに感じた。これが自分のすべてであってもよいと思える安らぎが崖下の家を満たしてゆくと、

「とてもいい気分だわ」

渚月も唇に笑みを湛えた。

「バーデンはボッサでは括(くく)りきれない人らしい、ブラジル音楽の伝道師とでも言うべき存在だとアルバムの解説にもあったし」

「あなたのお蔭で、私の耳も繊細になったような気がする、海辺のこんな小さな街にいながら、どんどん世界が広くなるのが不思議なくらい」

「こういう愉しみを持ち続けられたら、崖下の暮らしも悪くないさ」

彼は本気でそう思うようになっていた。漁を教えてくれた仲間と海で働き、渚月と酒と音楽の待つ家へ帰り、少しずつ豊かな将来を夢見る。そんな日を重ねて老いてゆくのが嫌ではなかった。せっかく巡り合った相性のよい人と狎(な)れ合う前に決めてゆくのも男の分別であろうと思う。

酒がすすんで腹も膨れると、渚月はよく煙草を吸った。灰皿を洗いに立ってゆき、帰ってくるとまたすぐ火をつける。細い煙草を半分も吸わずに消すので何度も立つことになったが、面倒な素振りは見せない。ただどことなく緩慢であった。そのうち台所で見つけてきた空き缶を灰皿代わりにして話した。

「日本の片田舎でボッサやジャズに聴き惚れている人がいることを、本場のプレイヤーたちは想像したりするのかしら」

「さあ、日本を想像するかどうか分からないが、外国は意識するだろうな、世界のどこかで佳い曲が生まれて、それを聴く人がよその国にもいる、素晴らしいことじゃないか」

「世界中に私たちのような人間が大勢いるってわけね、ギリシャやスペインの崖下にもいると思うと、なんだかほっとする」

その気持ちは千紘も分かる気がした。ほとんど房総半島から出たことのない女は外国の音楽に自身の夢や悲哀を見るのかもしれなかった。男は女より単純で、洗練された技術や旋律に酔う。二人が同じ曲を別々のところで愉しんでいるとしたら、それはそれで贅沢なことであろう。彼女は遠くの人を思う顔になって、もっと世界の音を知りたいと言い、彼はたやすいことだと思い、そうしようと言った。食べてゆく営みとは別に確かなものを分かち合えたら、二人して伸びやかに生きてゆけるに違いなかった。グラスを置くと、彼は改めて彼女を見ながら、

「ここでずっと一緒に暮らすことを考えてくれないか」

そう言っていた。渚月は曖昧に笑って、また煙草に火をつけた。いつになく続けざまに吸うので千紘は妙に思っていたが、そのときになって彼女がフィルターを嚙んでいることに気づいた。話し好きな女の口から言葉が消えて、じきにバーデンのギターも絶えてしまうと、彼はプレイヤーのところへいってまた繰り返した。

「むろん戦争が終わって生きていたらのことだが、夢や目標があればそのために頑張れるような気がする」

「それまで私はどうしたらいいの、ここへくるのも辛くなるでしょう」

彼はうまく答えられなかった。あれよあれよという間に勃発し、世界を呑み込んだ戦争がどういう形で終結するのか全く予想できなかったし、渚月とこの街が運よく無傷でいられるという保証もなかった。真顔のまま、やがて口からは気弱な言葉が出ていた。

「もし帰ってきたとき、気持ちが変わっていなかったら、今日の続きからはじめよう、すぐに船は買えないだろうが、なんとか暮らしてゆけると思う」

「第二福栄丸が売りに出されたわ、主をなくした船は陸（おか）で朽ちてゆくだけだから奥さんが決めたの、でも船は縁起を担ぐものだし」

「斉藤さんは丁寧に乗っていたよ、戦争がなければあの人も船もあと三十年は現役でいられただろう」

「あなたとそんなに歳は違わないわ」

渚月が夢を嫌うのは悲惨な世界の現実に立ち向かう術（すべ）がないからであった。この街の女にできるのはせいぜい海を眺めてあきらめることだと言って、煙を吐く女は千紘の知る渚月とは別人のようであった。

「とにかく悲観するのはよそう、どういうことになるか分からないが、ただ苦しんで終わりたくはない」

「そうね、もっと強くならなければいけないわね、でも今日はその日じゃないと思う」

彼女は煙草を消して、しばらく千紘の手もとに目をあてていた。それからやりきれないように目をあげて、レコードを替えてくれないかと訴えた。

明くる朝は早い出発であった。やはり出征する人を送り出す家がそこここにあって、気のせいか街中に離愁の溜息が漂うようであった。駅まで送るという渚月と崖下の家を出ると、よく晴れた朝で海が眩しい。勇ましく出漁する船が見えたが、港に残る船は悄然（しょうぜん）としている。浜沿いの静かな道を彼らは歩いた。

「あの辺りにアワビの魚礁を作れたらいいだろうな、餌の海藻を育てて、海の牧場にできたら街も人も潤う」

少しして彼は話しはじめた。これが最後の最後になるなら、やはり夢を伝えておこうと思った。

「沿岸での人工魚礁に成功したら、素潜り漁も復活するかもしれない、夫婦で船に乗る家も増えるだろう」

「奥さんが大変ね」

「それはそうだ、しかし生活の実感が確かな分だけ充足も大きい、僕らには音楽という愉しみもあるし、案外豊かな人生が待っているかもしれない、そう思って君も待っていてくれないか」

渚月は笑えない顔になっていた。

「私のような世間知らずは目の前の現実から未来を計算するの、正直に言って、これから戦争へゆく人の口から夢のような話を聞くのは辛いわ」

「ほかに話しておきたいことが見つからない、どうしたのか目覚めたときから頭がからっぽなんだよ、君の確かな言葉を詰めてゆけたらどんなにいいか、頼むから駅に着く前に聞かせてほしい」

「分かったわ、分かったから」

彼女は苦しそうに言い、ワンピースの背を丸めて歩いた。千紘はここへきてはっきりしない恋人の態度に苛立ちながら、なんとか約束の言葉を引き出そうとしていた。愛情の絆に勝る心頼みもなかったから、女の同情心に訴えてでもそうしたかった。戦争が起きていなければ自然に結ばれていただろうとも思った。その流れに戻ることが彼には頼りない前途の灯火であったが、あとのない男が水を向ける言葉はひどく凡庸であった。言い募るほど相手には煩わしい風になってしまう。

君の涙を見たいわけじゃない。ただ一言でいいから聞かせてほしい。生きるよすがを奪わないでくれ。女の虚ろな心にもう一度火をつけるには時間が足りないと分かっていながら、そう訴えずにいられなかった。そのうち渚月が顔を上げたのは別れのときが見えてきたからであった。

「お願いだから、もう黙って行って」

彼女は掠れた声を絞り出した。前方に駅舎の見える通りへ出ると、突き当たりまで美しいヤシの並木が続いている。潮風の街らしい爽やかな眺めであったが、侘しい思いの淵へ沈んでゆくと、それも見えなくなって、やがて互いの顔も見ずに二人は歩いていった。

ミスター・パハップス

とても信じられない話であったから、恋人に小口の融資を請われると、パドマは眉を寄せてためらった。これまでにも似たようなことが幾度かあって馴れていたが、無資格で小学校の非常勤教師をしている女にそんな余裕はないし、免疫力を高める調味料を作るなどという奇想は初めてであった。

「あなたといると頭がおかしくなる」

「気のせいだろう、むしろ良くなっているはずだから」

ヤシュパルは優しく笑った。ハンサムな詐欺師の微笑に似て、人を油断させる安らかさがあった。それが処世の役に立つこともあれば見かけの軽さにもなって、小さな村の雑貨店の四男が大学まで出ながら、御用聞きと配達が仕事であった。

「人の役にも立つし、売れたら間違いなく儲かる」

当たり前のことを堂々と言えるのも彼の才能で、パドマはどこまで信じてよいのか分からなかった。大言壮語として無視するには現実的なところがあるし、そもそも悪意は微塵もない。だが成功したこともなかった。

「九十歳になる祖母が元気にしているのも調味料の成分が効いているからだよ、自信がある、あとでサンプルを持ってくるから詳しいことは放課後に話そう」

配達の途中らしく、学校の休憩時間にやってきた男は一方的に喋り捲り、午後の待ち合わせを勝手に決めて帰っていった。教室へ戻ると、貧しい家の子供たちが空腹を覚える時間で、粗末な給食を待ち兼ねる顔が集まっていた。子供のころの自分と同じ顔が歳月を経ても並んでいるのはなんら進歩のない証であった。するとヤシュパルの怪しげな冒険に賭けてみたくもなるのだった。

「習慣も大切だが、守るより破った方がよいものもある、例を挙げなさい」

彼女は黒板にそう英語で書きながら、誰か勇気のある子がランチタイムです、と答えてくれるのを密かに期待した。

ヤシュパルと知り合ってからのパドマは教養の匂いにうっとりする一方で、風変わりな言動に混乱もした。最も理解に苦しんだのは御用聞きを愉しむ能天気ぶりと奇抜な物の考え方で、突きつめるとどちらも自信という男の核に落ち着いた。そこが魅力でもあった。

彼女は雑貨店の四男と結ばれるのはなんとなくためらわれたが、近代化から取り残されたような村でなにかを成し遂げようとする男には惹かれた。苦労して大学を出たからにはいずれ都会へ出てゆくのだろうと思っていると、彼はまったくそんな気はなく、村に残り村を豊かにしたいと言って憚らなかった。

都会には大学出など腐るほどいるし、やりたいことのある人間が涼しいビルに通ってもはじまらないとも言った。

「たぶん時間がかかるが、人生の使い道には困らない、物は考えようさ」

そういうときの彼は老成した哲学者を思わせて、パドマの胸を熱くした。生活に追われる人が多い中で、より大切な大きなものを見据えている人を感じるからであった。どちらの両親も二人の交際を認めていたが、彼女の父はふにゃふにゃした男だと言って、そこそこ裕福な商家の見切り品くらいにしか見ていなかった。そのヤシュパルに勧められて、仕立屋の父は端切れで作るクッションを店に納めている。それが小遣いになるから、見限るわけにもゆかないらしかった。パドマにはほどほどにしておけと言いながら、クッションの代金を取りにゆかせたり、彼女がゆくと少し安く上がる買物を言いつけたりした。親の命令が絶対の家で、彼女は五番目の娘であった。言い換えるなら、金品と引き換えに放り出されても仕方のない存在であった。

前近代的な村には破った方がよい習慣がいくらもあって、

「手摑み(てづか)の食事」

「外での用足し」

「男尊女卑」

と答えた生徒がいる。

「なにも変わらないと思うこと」

ヤシュパルは黒板に書き足した。

放課後の小学校は人影もなく、戸外は熱暑であった。教室にも空調機はないが、ヤシュパルが冷えた炭酸飲料を持ってきたので、二人は飲む前に腕や首を冷やした。家では贅沢な飲物であったから、パドマは少しずつ味わいながら、調味料のサンプルを手に熱心に語る男を見ていた。それは赤黒い液体で、食事の度に数滴使うだけで三週間もすると効果が現れるという。調味料だからなんにでも使えるし、原料は安く手に入るから、生産要素さえ確保すれば世界で売れる可能性がある。そう真顔で話す男は雑貨店の御用聞きではなかった。

「一体なにで作るの」

「いろいろ混ぜる、しかし肝心な原料は三つで、どれも村にあるものさ、ちょっと嘗めてごらん」

と彼はすすめた。液体はホットソースの小瓶に詰められていた。

「濃厚なドレッシングのようね、渋いのは茶葉かマサラかしら」

「悪くないだろう」

「味はともかく、効能はどう証明するの」

「まず特許をとる、それから大学の研究室へ持ち込む、問題は生産体制でどうしても資金がいる」

「容器やラベルもいるわね」

パドマはまだ信じられない気持ちであったが、可能性を見たときのヤシュパルの意気込みには勝てない気がした。それがなくては彼ではないし、村の将来を考えてくれる心の広さもある。いったい何人くらいの協力者が必要なのか彼女は訊いてみた。

「たぶん五十人」

「もし失敗したら」

「みんな損をする、それが投資だし」

「融資ではなかったの」

「成功する自信はあるが、万一のときに返すあてがないから」

彼は正直に目を伏せた。

「成功したら」

「むろん投資家に利益を分配する、村の産業として貧しい人を雇う、清潔な公衆浴場を造る、それからたぶん君と結婚する」

彼女はゴールドの腕輪を外した。十カラットの安物だが、試供品の瓶代くらいにはなるはずであった。

「私たち、幸せになれるかしら」

「たぶん、そうなる」

「早く家を出たいわ、そういう歳だから」

「たぶん、そんなに時間はかからない」

「信じていいのね」

「たぶん、そうするしかない」

それから一月もしないうちに彼は資金を集めて、開業の準備をはじめた。最も賛同したのは大学の恩師で、投資家の多くは無学な親類縁者であった。ある人には大学出の詐欺師めと罵られ、またある人にはこんなものが売れるわけがないと冷笑されたという。逆に単なる調味料として気に入る人もいて、希望が膨らむこともあった。励まされると調子の出る彼は近隣の村の食堂や街のホテルに売り込んで、確実な予約販売の顧客を開拓することも忘れなかった。もっともなにもかも一人でするので準備は捗らなかったが、仮の事務所にした実家の倉庫には人が集まり、良くも悪くも評判が立っていった。

彼らは無料サンプルを手に入れると、一様に喜んで家族に自慢した。ただでもらえるものなど村にはないからであった。

人は他人から与えられるものに喜び、他人の力になることに自足もするが、自分の都合で約束をないがしろにもする。パドマは生徒たちに道義や礼節の大切さを教えながら、心の底では非力なことをしていると思うことがあった。貧しい彼らには教えを守るより破る方が現実的な場合もあるからで、そういうことはそれぞれの家庭の事情や親の言葉から学ぶのであった。

雨の季節がくると、側溝のない村の道は水浸しになった。ヤシュパルの足は日本製のバイクで丈夫だが、磨り減った車輪では泥濘に勝てない。五キロの道のりが五十キロの苦労にもなって、身動きがとれない。そのうち村は冠水し、もともとひ弱なライフラインが寸断された。やがて異常気象による洪水が物流を阻んで深刻なインフレを引き起こし、生活に札束がいるようになると、ヤシュパルの事務所には見物客のかわりに投資家が押し寄せて返金を迫った。

「米も肉も足りないときに調味料を買う馬鹿はいない」

「どうなるか知れない儲け話より、今日明日の生活なんだよ」

一度は見た夢を忘れて彼らは言った。約束も忘れた男たちを追い返す力はヤシュパルになかった。彼も先行きを憂うひとりに過ぎなかった。災害の混乱の最中(さなか)にバーラトを巻き込む戦争がはじまったのであった。

とても信じられない話であったから、パドマはヤシュパルの袖を摑んで詰問した。夕暮れの近づく道を二人はバイクを引いて彼女の家に向かっていた。どうにか水は引いたものの、家並みも通りも痛ましい姿をさらしてバイクで走れるところは少ない。

「ねえ、どうしてあなたが選ばれたの、訓練すら受けていないのよ」

「たぶん道案内かトイレ掘りだろう、ほかにできることはない」

そう答える顔は皮肉に笑っていた。

少し前に核兵器の移動部隊が近くの丘陵地帯に野営して村人が徴用されたが、まもなく召集に変わって数人の青年が編入されることになると、大学出のヤシュパルは真っ先に目をつけられて否も応もなかった。災害の後遺症と現地入営という慌ただしさの中で、彼を奮い立たせるものはなにもなかった。二日前に令状が届いて、明日の正午までに入隊という命令であったから、身辺を整理する暇もなかった。

「とにかく行くしかない、なにもかも白紙に返すのは残念だが、戦争だから仕方がない」

パドマは乾いた土の盛り上がる道に閉口しながら、サリーの端を握りしめていた。

「母がもう終わりだって言うの、お金も食べるものもないし、そのうちみんな病気になるだろうって」

「どこの家も苦しい、生きているだけでも幸運な方だろう」

「生徒の中にはホームレスになって村を出た子もいます、幸運を祈るしかありません」

「僕らも似たようなものさ、元気を出せよ」

ヤシュパルは言ったが、元気のないのは彼も同じであった。無理もないとパドマは思いながら、これでお別れかと思うとたまらない気がした。男と女の約束はどうなるのか。せめて未来に光るものがなくては生きてゆけない。

「あの調味料はどうするつもり」

口からはつまらない言葉が出ていた。

「いつかまた作るさ、ひとつ希望を話しておこう」

彼は言い、パドマを見てにやりとした。

「たぶんあの調味料には癌の増殖を抑制する力がある、医学的な検証はこれからだが、世界中の癌患者を救えるかもしれない」

「その前に何十万もの人を殺すことになるかもしれないのね、戦争を回避することはできなかったのかしら」

「交通事故と同じさ、こっちが注意して運転していても対向車が突っ込んできたら防ぎようがない」

「あなたらしくない論理に聞こえる」

ヤシュパルは苦笑して、そうだなと呟いた。なにも変わらないと思うから、なにも変えられないのだった。誰かが決めてしまう戦争もそのひとつであった。

目をあげると辺りはひっそりとして、いつのまにか夕暮れが濃くなっていた。広い道は泥土（でいど）で埋まり、家並みが瓦礫（がれき）と化した通りもある。どうにか建っている家には洪水の爪痕が見えて、仄かな明かりさえ少ない。パドマは焦りとも不安ともつかない気持ちの揺れをどうすることもできなかった。やがて彼女の家のある路地の入口までくると、ヤシュパルが立ち止まってバイクの荷台の箱から紙袋を取り出した。

「ほんの少しだけど」

そう言ってくれたのは持ち重りのする小麦粉であった。彼女は父母の喜ぶ顔を思い浮かべて、寄ってゆくように誘ったが、ヤシュパルは小さく首を振った。

「明日が早いから」

「そうね」

「また会えるさ」

しかし未練なのか、彼は家の近くまで送ってきた。パドマにも聞きたい言葉があって佇(たたず)んでいると、父親の足踏みミシンの音が聞こえてきた。注文などないはずだが、踏まずにいられないのだろう。ヤシュパルも気づいて言った。

「遅くまで精が出るね」

「ああしていないと落ち着かないのよ」

「分かる気がする」

彼女は挨拶だけでもと勧めたが、ヤシュパルはそこから動こうとしなかった。

「お父さんにかける言葉がない」

「今晩は、でいいでしょう」

すると彼は薄く笑って、すぐまた真顔になったが、言葉は少し遅れてきた。

「なにもかも中途半端になってしまって、君には本当にすまないと思っている、これからどういうことになるのか分からないが、この戦争は長くは続かないような気がする、今の兵器で世界を破壊したら、たとえ勝っても普通に生きてゆけないからね、そこに妙な希望は感じる」

「それまで私はどうすればいいの」

「なんでもいい、戦争を終わらせる努力をしよう」

「なにをすればいいのか、分からないわ」

「考えるさ、そして子供たちにも教える」

沈んだ声であったが、ヤシュパルははっきりものを言った。それがパドマには不吉に思えてならなかった。いつも確信を持って、たぶんと言っていた男の方が心強かった。

「たぶん一年もしたら帰ってくるよ」

「たぶん二人で幸せに暮らせる」

　そういう言葉は聞けなかったが、彼の目は彼女を励ましながら別れを告げていた。物音がして人の出てくる気配がすると、じゃあこれで、と彼は言った。それから汚れたバイクの向きを変えて、最後の笑顔を見せた。いつもならパドマも微笑み返すところだが、唇が歪んで頬が引きつってしまった。お別れの言葉も出ない。するうち黒い人影が薄暮に呑まれてゆくのを彼女は仕方なく見ていた。

　少しして、待っていたように家から出てきたのは母であった。

「誰と話していたの、ヤシュパルかしら」

「ええ、送ってくれたの」

　彼女はどうにか笑(え)んで小麦粉を渡した。

　薄暗い家に入ると足踏みミシンの音が大きくなって、罅(ひび)の入った胸にやけに響いた。こんな時間になにを縫っているのかと訝(いぶか)りながら帰宅の挨拶にゆくと、父は固く背を丸めて振り返りもしなかった。仕立てているのは幼児のものらしい死に装束であった。たぶん近所の子が亡くなったのだろう。

「修理屋のスシーラのだよ、あの子にぴったりだろう」

　彼は言った。路地にはかつて差別された人々の家が並んで、今もなお貧しく、スシーラの家もそのひとつであった。

「あとで持っていってやれ、お悔やみだから代金はいらない」

「分かりました」

「食べ物だろうがなんだろうが、受け取るんじゃないぞ」

そのときになってパドマは父の頰が濡れているのに気づいて、理不尽に人を失うことの痛みを思いがけず分け合った。女に泣き顔など見せない人間の意地と悔しさとで、彼の頭部は震えていた。仕立屋は仕立屋らしく闘っているのだった。無学でも非力でも生きてゆく人の闘い方を知ると、まず自分から変わらなければならないような気がした。

彼女は父を解放するために部屋を出て、自室の机に向かい、しばらくヤシュパルのことを思った。それから英語の綴りの練習をするノートを開いて、彼が言いそうなことを書いてみた。けれども読み返してみると、それらがもう自分自身の考えになっているのが分かった。もし朝からひもじい生徒がいたら、徒らに空腹を我慢させてはならない、と彼女は書いていた。たぶん正解だと思った。そして奇妙なことには、たったそれだけのことがたちまち希望に変わっていった。

足下に酒瓶

雨上がりの美しい午後であった。

石畳の坂の下はもう大西洋で、歩いて浜にゆけるベベートの家はサーファーの溜まり場になって久しい。その日は朝からディーノとエドゥがきていて、午後にはルシオとソーニャが加わり、海から上がるといつもの酒盛りがはじまった。気紛れな雨が通り過ぎたあとで、窓の外は明るく、石畳が輝いていた。

坂道に面して扉のある穴蔵のような家にはコルク職人の工房があって、ベベートは女物のバッグや小物入れを作ってどうにか食べている。リビングやダイニングキッチンは乱雑で、いつのころからか物が散乱している方が落ち着く人間になっていた。生の実感を筋肉と快感で量るのが若さなら、彼も折り紙付きの若者である。家にくる仲間も似たようなもので、仕事はあるが、サーフィンをするために働いているようなものなので自由のきくかわりに収入は少ない。それでも結構暮らしてしまうのが今どきの若者であった。

一日でサーファーと分かる浅黒い肌と長髪とルーズな服装が集まると、なんとなしに自由の匂いが広がる。持ち寄った酒と食料を広げて、だらだらと談笑に興じる。それが愉しく、酒を飲まずにどうして一日を乗り切ればよいのか誰も知らなかった。酔って、そう長いとも言えない人生の思い出を語り、互いのだらしなさに安心し、小馬鹿にもしながら支え合う。信条や信念などないが、あるようなことを誰もが言い、人生設計もなしにそれなりの夢を見ている。なんとか資金を都合していつかサーフショップを開こうというのが彼らの最もましな未来図であったが、そのための努力は忘れられて、波乗りの練習と酒代を稼ぐことに気を奪う毎日であった。そういう暮らしに漠とした不安を覚えて、ベベートとソーニャは別の生き方を模索するようになっていた。といっても酒の誘惑にはまだ勝てない。酒浸りの体と精神を案じる一方で、自由が彼らの宝であったから、正常な生活という不自由への移行が二の次になるのもなりゆきであった。

恋人の二人には仲間といるときとは別の会話があって、しんみりすることがある。早朝の市場で働くソーニャは家族や仕事に恵まれない娘で、自分ひとりの身過ぎにもきゅうきゅうとしながらサーフィンがあるから溌剌(はつらつ)としていられる。人生を愉しむ瞬間は波の上にしかなく、逆境を忘れて輝く。ときおり彼女が泊まってゆくとき、べベートは夜の仕事をやめて女のお喋りに寄り添う。

「早くこれをやめないといけないわね」

「まあ今日はいいさ」

そう言いながら飲むマデイラワインは水のように感じられて、気怠い夜の酒は切りがなかった。それでいて二人は望ましい生活について話した。愚にもつかない自由に溺れながら理想の家庭を思い描く矛盾は、大人へと向かう過渡期のささやかな自省かもしれない。

大学で造形美術を学ぶためにリスボンへきたとき、べベートは都会に憧れる気弱な青年であったが、気晴らしにはじめたサーフィンに夢中になって留年を繰り返すうちに放恣な生活に落ち着いてしまった。故郷のマデイラは本土よりアフリカ大陸のカサブランカに近い観光の島で、特産のワインと美食と伝統工芸を誇る「大西洋の真珠」であった。美しいが、大勢の観光客でにぎわう街と地縁社会はそこしか知らない青年には息苦しくもあった。リスボンで見つけた解放感はサーファーとなって膨らみ、なんの根拠もない自信にもなって、一時的な若さの栄養となった。かわりに未熟な大人にもなって、いつまでもふらふらしている。

「三十歳までになんとかしよう」

ソーニャは言うが、これといって打開のあてもない話であった。そういう彼女に罪のない娘を感じながら、ベベートは人生のもっと先まで夢見ていた。

「いくつになってもサーフィンはやっていたい、六十の立派な家庭持ちのサーファーに憧れるね」

リスボンの海にはそういう人もいた。彼らが帰ってゆく家には長い歳月をかけて築いた確かな生活があって、サーフィンも酒も人生を豊かにする愉楽にすぎない。そこへゆき着くために努力し、ときに自由を犠牲にしてきたはずであった。ベベートもソーニャもそのことに気づいていたが、今日明日の遣り繰りで月日は流れるままであった。

「私は主婦になりたい、家事は得意だし、そこが自分の家ならぴかぴかにする」

「庭にシャワーがあるといいな、職人として生きてゆけたら海へゆく時間は作れる、それともいっそバーを開くか、夕方から働いて日中は自分のために使う」

「家庭的な雰囲気のバーがいい、お客も常連ばかりで気取らないの」

そんなことを話すうちに夜はゆき、ささやかな夢の待つ眠りに落ちてゆく。ベッドの下にも整理箪笥（せいりだんす）の脇にも酒瓶がごろごろしていた。

彼らより少し若いディーノとエドゥは不安の抱き方も違った。いざとなれば助けてくれる肉親が近くにいるからか、十年後の自分を朧げに思うことはあっても一生の仕事を真剣に探すことはしなかった。今のところサーフィンの喜びに勝るものもないのだろう。裕福な実家の農園を手伝うだけで暮らしてゆけるディーノは生まれながら自由で、左官のエドゥは仕事があれば働くという体たらくであった。どちらにも人生の落伍者が発散する恨みや悲愴感は感じられない。人並みを求めて地道に生きることを嘲笑する幼さが残るだけである。不安は今のそれなりに愉しい暮らしがいつか終わるであろうことにあった。その点ルシオは知的で、いずれ文筆で食べてゆくと決めていたから、なにをしても観察する目があった。だらしない仲間との深酒も今だからできる経験にすぎない。

キッチンの隅でジャガイモを茹でていたソーニャが、

「このところなんでも高くなって困るわ」

と言った。ディーノの手土産の野菜はどれも貧弱で、滋養を感じさせる瑞々しさがなかった。

「どこかの馬鹿がはじめた戦争のせいさ、イモの爆弾なら大歓迎だが、そんな太っ腹はいないだろうな」

エドゥが茶化すと、彼らはその気もなく笑った。缶ビールを飲みながら、それぞれに酒盛りの支度をするのが常で、乱雑な部屋を片付けるのはルシオひとりであった。ゴミは捨てるそばから増えて、ビールの空き缶は直接ポリ袋に投げ込まれる。そのうち大雑把な準備ができて、さして意味のないお喋りとワインがはじまるのだったが、そこにも秩序はなかった。

やがてテーブルを囲みはじめたとき、ぼんやり窓の外を見ていたルシオが、いつまでこうしていられるだろうかと言い出した。

「今日、海で爆撃機らしい編隊を見たよ、遠かったが、たぶん間違いない」

「訓練だろう」

「今どき珍しくもないさ、それより凄い奴がひとりいただろう、煽ってやろうとしたら消えちまってさ、あらあプロだよ」

ディーノとエドゥは暗い話題を嫌って、いつものお喋りをはじめたが、ベベートはルシオが言おうとしたことにこだわった。彼はソーニャと並んで座りながら、爆撃機がどっちへ向かっていたか分かるかとルシオに訊いてみた。

「マデイラの方角だったと思う」

「あっちにはなにもない、実戦か配備ならアフリカだろう」

「モロッコなら近いわ」

とソーニャも顔を曇らせた。するとエドゥが口を挟んだ。

「おい、どうしたんだよ、まさかもう酔ったんじゃないだろうな、顔色が悪いぞ」

「面(めん)が悪いのは生まれつきさ」

ベベートは皮肉になった。自分という人間のつまらない正体を見ているような気がしたが、愉しくやろうというエドゥの気持ちも分からないではなかった。頼りない若さを結びつけているのはサーフィンではなく酒であり、教養や向こう気の不足をごまかす笑いではないのかと思った。アウトサイダーと言うには思想も信念もなかった。

「さあ調子を出せよ、今日という日が二度とないなら、飲んで笑ってなにが悪い」

ディーノが言い、そうしましょう、とソーニャも気を変えて明るい顔を作った。

そうして仲間と酒を酌んでも人生が変わるわけではないが、酔いのうちに微かな精神の張りを覚えることもあった。もっとも次の日には消えてしまう充足で、言ってみれば自分を取り巻く現実がよい方に転じるのを待ちながら、ひたすら時の波に遊んで流されているだけのことであった。そのことを思うと、ベベートはうなじを刃物ですっと切られるような不安を覚えるようになっていた。

古い坂道の街は家が詰まって窮屈だが、丘の上から見ると朱色の甍(いらか)を段々に並べて整然としている。それはマデイラも同じで、ベベートはリスボンの浜辺に遊びながら故郷を見ることがあった。街並みはふたつながら美しく、移り変わる時代を生き継いだ重みがあった。反対色の大海原を望み、大航海の夢を愉しみ、挑んできた人々を守る甍は情熱の色かもしれない。

ソーニャに贈るサーフボードを浜の店に預けて、海に別れを告げると、彼は窮屈な家並みに挟まれた石畳の坂を上っていった。十年を過ごした街の風は青春の亡霊を連れて吹き抜けてゆく。マデイラを出てから何をしてきたのだったか、人に誇れるものは見当たらないが、虚しいとばかりも言えない。コルク材で美しいバッグを作ることを覚えたし、サーフィンの腕を上げたし、ソーニャと知り合ってからは人のために泣くことも覚えた。

酒は不安を和らげてくれる重宝な水であった。自由な生活や無計画な青春にもある侘しさからいっとき解放してくれるありがたい液体はひ弱な精神の興奮剤にもなれば麻酔にもなって、安手の寧日(ねいじつ)をもたらした。分かっていて体の欲するままに任せた結果の今日であったから、彼はやはり飲もうと思った。やっとやめられるときが十八時間後に迫ると、美酒を美酒らしく味わっておきたいと考えた。

ポルトガルがスペインに次いで参戦したのは傍観者ではいられない事態が北アフリカに広がったからで、一般人が召集されるまでに長い時間はかからなかった。サーファーの仲間では年長のベベートとルシオにまず令状がきたが、いずれディーノとエドゥにもくるはずであった。自由と進化を愉しむ時代に武器を取ることになるとは思わぬことであった。

今日はソーニャが料理の腕を振るうお別れの会が午後からあって、ベベートが海から戻ると、いつもの顔ぶれが支度をしながら待っていた。酒瓶が壁際の床に並べられていくらか広くなった部屋には珍しく花が飾られ、テーブルのまわりも整然としている。

「たまにはこういうのもいいかと思って、今日は特別な日だから」

そう言ったのはエドゥであった。ディーノはソーニャと料理の最中で、主役のひとりであるルシオも雑巾を持って働いていた。いつも酒臭い部屋になにか香るのはソーニャの香水と無精髭を剃ったルシオのローションらしかった。

ベベートは取って置きのマデイラワインを出してきて、グラスを丁寧に拭き、人数分のナプキンを用意した。宴の支度をする間、誰もあまり喋らず、それぞれがお別れを意識しているのが分かった。彼らにもそういう分別があるのがおかしく、間違えば淋しいことになりそうであったが、べべートはその空気を愉しんだ。むろん死にゆくつもりはなかったし、そんな覚悟が役に立つとも思えなかった。

宴の支度ができると、彼らはいつもの席について飲みはじめた。いつもと違うのは整った食卓と話し声の低いことで、

「今日の波は高かったろう」

「ああ最高さ、いい思い出になる」

ディーノとべベートの声が静かにぶつかった。もうそんなことはどうでもよくなってしまって実のある話をしたいのだったが、下手にしんみりしたくはなかった。ディーノも分かっていて言ったようなところがある。けれども馴れた話ほどつまらなくなる日もあることに彼らは馴れていなかった。湿りそうな気配を壊すように明るく、ソーニャが料理の味はどうかと訊いた。

「うまいよ、どこでこんな素敵な料理を覚えたんだ」

「市場の人に訊くの、彼らは食材の使い方も知っているから」

「そういう話をまとめてソーニャ流の料理本を作るのはどうかな」

とルシオが言った。

「庶民のノウハウは実践的だからどこの国でも人気がある」

「つまり素人だからいいのか」

「なぜ今まで教えてくれなかったの」

ソーニャはなにか閃いたような顔を綻ばせて、となりのベベートを見た。同意を求めたのであろう。いつになくさわやかな目に彼は驚きながら、もしかしたら叶うかもしれない飛躍を思い巡らした。どんな形であれ、女の可能性を思うのは愉しい想像であった。

「そういえば農園で働く男たちのランチはおもしろいよ、家からパンとナイフを持ってきて、その辺の野菜を生のまま果物みたいに切って食べる、料理とはいえないがね」

ディーノが言うと、

「それなら俺たちもやる、玉葱やパプリカはけっこう甘いよ、塩をふる奴もいるな」

エドゥも馴れない話題にどうにかついてゆきながら、お別れにふさわしい時間にしようとしていた。言うことに虚勢がなく行儀もよいので、ベベートは不思議な思いで聞いていた。ソーニャの料理は本当に美味しく、ルシオのさりげない提案も手遅れの話には思えなかった。

「こんなこともあるんだなあ」

彼は言い、どうして今日までできなかったものかと思った。だらしなく飲んだくれて酒瓶に躓(つまず)いていたのが嘘のようであったし、ディーノもエドゥも仲間とつながるために能天気な男を演じていたような気がしてならなかった。それが腹の底で騒ぐので、上等のワインで静めなければならなかった。

「ソーニャの料理を本にまとめるなら写真がいるだろう、洒落たコピーもいるし、デザインも考えなければならない、俺たちを相手にしてくれる出版社が見つかればいいが、素人の本だから素人が作ってみるのもおもしろいかもしれない」

些細なきっかけからひとつの可能性の話は膨らんで、いっそのことみんなでソーニャの本を作らないかとディーノが言い出したのは酒もいくらかまわるころであった。ソーニャのアイディアをベベートがデザインし、ルシオが文章を練り、残りは編集者兼販売になる。

「つまり小出版の会社を興すのさ」

「おもしろいが、俺はなにをする」

とエドゥがディーノを見て言った。

「まず事務所の壁塗りかな、ここの一室でもいいし、うちの農園の小屋でもいい」

明日にはベベートとルシオが入隊という日になって、やりたいことが見えてくるのは皮肉だが、今までにない前進のように思われて彼らはこの話題を愉しんだ。ベベートの家にはソーニャが移り住むことになって、家具や床をぴかぴかに磨きながら彼の帰りを待つのであった。ルシオも帰ってきたら真っ先に寄るかもしれない。そのときディーノかエドゥがいたら、彼らは本気で抱き合うだろう。ベベートにはそのための今日でもあるように思われた。

酒がすすむにつれて彼らは陽気になっていった。ベベートはマデイラの斜面にある葡萄畑の風変わりなことや少年のころの悪戯（いたずら）を面白おかしく話し、ルシオは笑いのうちに混血であることを明かした。今を措（お）いて言えるときはないと考えたらしい。

「じゃあフランス語も話すのか」

「ウイ、でもパリで通じるかどうか分からない、一度も行ったことがないから」

「パリなら俺も行ってみたい、いつか一緒に行こう、ムーラン・ルージュでロートレックを観ながら一杯なんて最高だろうな」

「そのときはスーツがいる」

「ウェットスーツならあるよ」

軽口をたたくエドゥにも神経質なところがあって、明らかにルシオを意識していた。

それが知れてしまうと、別れの前に穏やかな笑顔の揃う侘しさといったらなかった。上等のワインは甘酸っぱい酔いに化けていった。

ソーニャが新しいワインと魚料理を持ってくると、いつもの癖でベベートは空き瓶を床に置きかけてためらった。ほんの少し動けば片付けられると思ったときには、さっと彼女が引き取って運んでいった。もう新しいソーニャになっているのであった。なにがあっても次の目標を見つける女の強さに、ベベートはほっとする一方で妙な淋しさを味わった。

「どうやら家も君も変わってゆくらしい」

「ぐじぐじしていられないわ」

彼女はさらりと言った。

「そうだな、俺もやっと酒をやめられる」

彼は自嘲しながら、すぐまた空いた酒瓶を持って窓辺へ立っていった。足下の瓶の列にきちんと並べて外を見ると、空は晴れていたが、石畳が濡れていた。いつのまにか通り雨が街を濡らしたのであった。若い仲間と競い合ってこの坂道を駆け下りることなど、もう彼にはできそうになかった。かわりに軍服を着て行進するのである。

夕暮れの近づく気配とともに、買物籠を提げた年輩の婦人がゆっくりと坂道を上ってきた。どこかで雨にあったらしく、髪を濡らしているが気にかけない。子を戦場へ送り出した母親であろうか、なにかしら不幸を背負った人の向こう気を感じて、べべートはふと父の言葉を思い出した。

「おまえはいずれマデイラへ帰ってくる、少しは人生が分かるようになったときか、命を終えるときにな」

　大学を中退して遊んでいたころであったか、電話の声は怒りより失望に満ちていた。べべートはあまりに小さく生きてしまった青春を惜しみながら、婦人の足取りに目をやった。少し不機嫌そうに、しかし小股で歩く姿はしっかりとして、この美しい坂の街にふさわしい人影であった。歩調はこつこつと生きてきた人の強さのようであり、時代を憎む人の地団駄（じだんだ）のようでもあった。雨上がりの石畳はひっそりと輝き、婦人の後ろ姿にも雨のあとがあった。その貧弱なようすが今日の彼には美しく見えて、うつろな視野から消えてゆくまで目をあてていた。するうち唇が震えて、思ってもみない寂寥（せきりょう）が押し寄せてきた。

隔日熱病

飲食街に接する高層アパートの向かいはレストランで、五階の部屋からはよく順番待ちの行列が眺められた。並ぶことの嫌いな人々が我慢するだけのことはあって、パリの大衆食堂にしては店構えもよく、雑音も雰囲気にしてしまう広さが心地よい。しかも安く美味く、座れば待たされることもないので客足が絶えない。

スーパーに勤めて朝の早いジュールは夕食によく使うが、映画技師のエヴァは帰宅が遅いので、たいていは孤独な食事であった。たまたま相席したロマーヌと話し込んだのは三ヶ月ほど前のことで、次の日から行列を眺める張り合いが生まれた。約束をするでもなく待つようになり、会えることもあれば落胆することもあった。

初めて会ったとき、年上のほっそりした女は小食らしく、前菜もシチューの肉も残してワインを嘗めながら本を読んでいた。相席を頼んだボーイのあとからジュールが礼儀の挨拶をすると、

「カワバタをどう思うか」

出し抜けにそう言った。ジュールが答えなければそれで終わりだったが、彼は答えた。

「哀れな女性を好んで陰湿だね、視線が嫌らしいし、文化の違いを差し引いても愉しくは読めない、だが美しい」

「三十二点」

「だったら百点の答えを聞きたいね」

「ないわ、文学ですもの」

涼しい顔と声で言うのを見ると、ジュールは今まで知り合った中で最も相性のよい女性を感じた。ぎりぎり美人のうちに入るであろう容姿も、どことなく風っぽい服の着こなしも、相手をあしらうときにみせる個性的な微笑も、シャンデリアの仄かな明かりに染まると婉麗であった。協調性に欠けるのはお互いさまであったから、端的に物を言う女の言葉は優しい棘にしか思えなかった。

独身、アパート暮らし、貧しくはないが裕福でもない、事務職で読書家、と彼は想像したが、職業は外れて画家であった。まだ描くことで食べてゆけないので半日のアルバイトをしている、観光ガイドもすればモデルもする、と彼女は話した。

「画家が画家のモデルになるのか」

「そうよ、なにかおかしい」

「いや、聞いたことがないから」

「スープが冷めるわよ」

いつのまにかジュールは彼女の口ぶりや手ぶりに夢中になっていた。手話のような独特の仕草が知的で、ときに可愛らしく、また放恣でもあった。

「それで、あなたはなにをする人なの」

「スーパーに勤めて、暇があれば小説を書いたり映画を見たり」

「小説はどの域かしら」

「習作だね、一度だけ短篇が活字になったことがあるが、たやすくは続かない」

「いわゆるフランス文学かしら」

「フランス人の僕が書けばそういうことになる、今のところ最高峰には程遠いフランス文学かな、もし英語で書いたら英文学かい」

「フランスを英語で書く必要はないわ、私が言っているのはユゴーやスタンダールやコクトーのような世界かということ」

「僕は僕さ、彼らはもはや偶像だろう」

ジュールは自信もなくそう言った。書きたいのは人間で、通念や普遍など蹴飛ばして新しい人間味の世界を構築したかった。けれども文章にすると陳腐な絵空事になるからできずにいるだけであった。

「フランス文学は素晴らしいと思う、でも世界の最高峰と考えるのは間違いね、たとえば外国文学をフランス語の翻訳で読むと、強い言語だからどうしてもフランスの匂いが立ってくるでしょう、それが違和感や嫌悪になって評価を下げることになる、逆にしっくりする場合は文学的につまらないものであっても仲良しに見えてしまう、そんなものと比べればフランス語で書かれたフランス文学が素晴らしくみえるのは当然でしょう」

「一理ある、だがフランス文学が一流であることは間違いない、ちやほやされる英文学ほど駄作もないし」

「ナイフとフォークが反対よ」

「分かってる、君が気づくかどうか試してみただけさ」

それから一週間もすると、ロマーヌが一日置きに食堂へやってくるのが分かった。いくら安上がりでも毎日では飽きるのかもしれない。大衆食堂にひとり用の席はないので、満席でなければ彼女の向かいは空いている。逆に彼女がジュールを見つけることもあった。

「怒りと暴力だけの軽薄な人生」

「恋にも等級をつける臆病者たち」

互いの本を見ては言い合った。

ジュールの興味はロマーヌの興味の対象を知ることで、芸術と文学に続くのが石拾いであった。拾ったままか、ペンキを塗った小石をサラダボウルに溜めて眺める。発想のヒントになるという。

「考えたことがあるかしら、この街で小石を見つけるのは大変よ、といってわざわざ探しにはゆかない、石との出会いが好きだから」

彼女はさらりと言った。

初めてカフェで待ち合わせたのは出会いから一月後のことで、パナシェをもらい、はやりの枝豆を摘まみながら、五年後の未来図を語り合った。ロマーヌのそれはサロン・ドトーヌ展で入賞し、本物の目を持つ画商に巡り合い、窮屈なパリから出てゆくことで、ジュールのそれは文芸誌に小説を発表していることであった。どちらにも結婚はない。家庭を持つとしたら、さらに十年後の衝動とみていた。ともに成功か敗北がその前にあった。

大卒で見識のあるロマーヌは潰しのきく人に見えたが、ジュールは作家になるほかに人生を豊かにする術を知らなかった。高校生のときから働いて、家を出て、パリという特別な街にきてみると、同じフランス人が別世界の生き物にも見えて、文才のほかに誇れるものはなくなってしまった。書くために働くという誇りを作り、低賃金に甘んじ、雇用条件を満たせない自分をごまかした。そんなことは誰にも言わないし、堂々としていなければパリジャンではなかった。

ロマーヌはパリに育ちながらパリを窮屈に見ていた。街も人間の作りも古いわりにせかせかとして、柔軟な発想ができない。自分にとって美しいものだけを愛す人がごまんといる。わけもなく微笑まない。モデルの仕事で笑ってくれと言われた彼女は報酬を思い浮かべた。時給五十ユーロなら美しく笑ってみせるが、半日三十ユーロでは苦笑になった。恵まれた人間の描くものこそ凡庸であった。

「もっと広い世界ではばたきたいと思いつめて生きているわ、お金がないとなにもできない街はつまらないし、よいものは高いし」

「それは外国の都会でも同じだろう」

「ただで笑ってくれる人がいるだけでもましでしょう、イタリアやカリブの明るさが羨ましい、カワバタの日本はどうかしら」

カフェでの語らいは二人を近づけて、歩いていつもの食堂へ向かうと夕方の行列であった。いっとき誇りの鎧を外せる人だけが並ぶ列である。ロマーヌはジュールの腕に手を絡めて待ちながら、フォアグラを奢るからエスカルゴを奢ってと言い出した。彼は嬉しくて笑った。エスカルゴの方が高いからではなく、気位の壁を低くした女に変化を感じたからであった。

一日は彼女を思うことで明け暮れ、会えば充足に酔うということを繰り返した。二日に一度の幸福であった。帰ってゆくとき、彼女は街角までジュールに送らせた。その先は許さない。このままでは気が変になるとジュールは思い、あるときそう話した。

「あなたをがっかりさせたくないの」

彼女は巧みな言いわけをした。相手の感情を害することなく、ひとことで十通りの理由を匂わせる才知であった。年上の女が急速に熱くなった男を宥めるようでもあった。しかしそうしておいてから、やがて訪れた合意の夜は彼をいっそう熱くした。

がっかりするものなどどこを探してもなかったから、ジュールは歓喜した。充たされすぎてぼんやりしながら、もう永遠の幸福を考えていると、

「熱いうちに小説を書きなさい、言葉がほとばしるうちに書かなくては駄目よ」

ロマーヌは言った。だが彼は頭がどうかしてしまって、美しい文章の欠けらも書け

なかった。大衆食堂の夕べはそのための待ち合わせに変わり、ロマーヌに期待することも明け透けになっていった。そんな会話と食事が愉しいはずもなく、彼女は笑わなくなり、ジュールは破局を怖れはじめた。

ある夜おそくエヴァに相談すると、

「その人、ひょっとして商売女じゃないの」

と言われた。

「違うね、とても知的だし、金品を要求されたことはない」

「それが手口かもしれない、私より魅力的なことは確かなようだけど、なにか臭う」

「仮にそうだとしても、こっちに貢ぐほどのものはないよ」

そんなところが彼の自信であった。エヴァとの関係は燃え上がるより早く共同生活者としてはじまり、たまたま気が合えば体も合わせる便利な男と女に過ぎない。お互いに気楽で、重宝で、ひとつに向かう未来がないだけに面倒なことにはならない。仕事中毒の彼女は男っぽい梱包を解けばそれなりに艶めかしく、ジュールの肌は浅黒い。祖父がニューカレドニアの出身で、孫の肌にも南洋の民族の色が出ている。エヴァはその気もなく素敵ねと言い、ロマーヌはなにも言わなかった。かわりに頰をつけて、潮騒を聞くようにじっとしていた。それもジュールにとっては嬉しい行為で、甘やかなときを思い出すと、会えない一日をやり過ごすことにも精力がいって悶々とした。思いつめるあまり、書くことを忘れることもあった。

伝統の息衝く街の古い建物は瑞々しい街路樹や川との調和が美しいが、パリの安アパートはどこも天井が低く、廊下やトイレが狭く、バスタブも小さい。休らうには窮屈な空間で馴れるしかないが、外の世間にも批評家気質の人群れが待ち構えている。ぼんやりすることは人生の停滞を意味して、そこでは団欒のお喋りにも熱が入る。

「黙聴と静思を忘れた自己主張の渦から一流の文学は生まれない」

そう思ったときからジュールは人との会話に躓(つまず)くようになって、そのうち文章でも人間をうまく書けなくなっていった。彼が好んで使う温かい言葉や良心の描写は嘘っぽくなり、十万人にひとりという変わり者を書くことになるからであった。主題の呈示はできるが、確かな提示にはならない。彼はそれこそぼんやりした。これまでにも自分の文才を疑うことはあったが、磨いてゆけるものと信じていたので、この躓きは思いがけない混乱をもたらした。気を変え、混乱の原因を整理して、なんとか抜け出さなければならない。

なにかと忙しい朝、彼はスクーターの物入れを空にして出かけた。夏休みに入った街は心なしか静かで、いつもより早く職場に着くと、すぐ制服に着替えて働いた。無給の時間外であったが、担当する缶詰や瓶詰の食品を補充し、不足分の注文伝票を係にまわし、終わると上司の指示で特売用に小分けした小麦粉と砂糖をレジの近くに積み上げた。スーパーは開店前で、外には行列ができていた。フランスから遠いところで勃発した戦争が一気に拡大したせいで物流が停滞し、パリジャンの生活にも影を落としはじめたのである。

「なぜ私たちが脅かされなければならない」

多くの人が口を揃えたが、

「きのうまで戦火を遠くのものに見てきたつけさ」

と答える人もいた。ジュールもそう考えるひとりであった。人間を書けない文学は無力であったが、落ちるところまで落ちてしまえばなにか生まれるのかもしれなかった。

開店と同時に客が殺到した特売品売場に立って、彼は興奮した人々に秩序を守るように声を張り上げた。生活に関わる困難の前では誇りなど簡単に捨てるのも人間であった。知性より今日の小麦粉で、マナーを論じる人はいない。店員が胸を張ってよい国であったから、ジュールはそうした。

「あなた方は並び方も知らないのか」

「並んで買うようなものじゃないだろう」

誰かが言い、売場は却って騒然となってしまった。買えなかった人たちのクレームの嵐に責任者が長い言いわけで立ち向かい、どちらにとっても無意味な時間が流れた。やがて誰もいなくなって、売れ残った砂糖も片付けられると、後味の悪さだけが残った。店側の努力や親切に気づいた人がいたかどうか、特売のために何日も前から働いてきた店員たちは苦い徒労感を覚えた。

午後の早い時間に勤めを終えると、ジュールはロマーヌのために買っていた小麦粉をスクーターに積んで帰った。会える日だが、彼女の生活も不規則になって、来るかどうか分からなかった。もし会えないときは、もう来なくなるのだろうと変化を受け入れなければならない。大衆食堂はどうにか営業を続けていて、日増しに行列が長くなっている。彼は早めに並んでロマーヌを待った。

夕暮れ、彼女は疲れた顔でやってきた。食事をしたら、また仕事だという。大学の恩師の口利きで、外国人講師や日本人画家の子供の家庭教師をしているのであった。

「戦争のなりゆき次第で彼らもパリを去るかもしれない、そのときは連れていってもらおうかしら」

ロマーヌはこんなときでも前途の可能性を見ていた。環境がどう変わろうと描くことが人生の人であったから、ジュールにも書いているのかと訊ねた。

「ああ書いているよ、ただ佳いものにはならない、問題は僕自身の中にあって、それが文章に出てしまうのがよくない」

「解決策はあるの」

「もちろん、具体的な方法論はまだだが、じきに見つかるという予感はある、美しいものを見つけるのは得意でね」

彼は明るく振る舞いながら、女の青く潤む瞳や感情表現の上手な唇を見ていた。そうしているだけでも心が弾み、ほかの時間に起こるどんなことにも耐えられる気がした。彼女はフレンチフライを肉汁につけて摘まみながら、絵でも小説でも花でも美しいものはいいわね、と話した。人間の目はそういうものを味わうためにあるという。

「だが馴れはよくない、常に新鮮な目で物を見ないと本質を見落としかねない、美しいものこそ馴れてはつまらないね」

「美しいと言えるかどうか、ここも長くなるけど飽きないわ、変わらない味と雰囲気のせいでしょう、むしろ行列の顔ぶれが変わったような気がする」

「我々と違って、こういう時節だから我慢する人種だろう、物珍しさもある」

「淋しい現象ね、世界が大きく変わるかもしれないというときに安物に目を向けたり、食堂を替えたりして繁栄と秩序の再来を待つ人が増えている、無事に過ぎれば見向きもしないくせに勝手だわ」

「なにかあったようだね」

ジュールはそんな気がした。キールと食事と語らいの夕べにくつろぎながら、ロマーヌにしては暗い表情と唇であった。

「まさかパリを捨てるつもりじゃないだろうな、そうなのか」

「ええ、そうなりそう、画家の仲間がイタリアや東洋にいて、パリで燻っているなら来ないかって誘ってくれたの」

言うべきことを言ってしまうと、彼女はうつむいて吐息をした。苦境から生まれた好機なのかもしれなかった。

「イタリアはともかく、今の東洋は危ない」

「でも魅力がある」

「命を削ることになるかもしれない」

「でも行ってみたい」

「気は確かか」

ジュールは彼女の勇気を羨（うらや）みながら茫然とした。彼にとっても人生を変えるであろう決定的な言葉たちで、男と女がなんとなしに遠くなってゆくのと違い、燃え盛る感情に決着をつけなければならなかった。ロマーヌはもうその作業を終えたとみえて、次の言葉を待っていた。彼はうろたえまいとして言葉を探しながら、情熱的な日々の短さを惜しんだ。

「今日嫌な人たちを見たよ、他人の努力を想像すらせずに乱暴な行動に出る、自分の利益を守ることに懸命で相手の痛手には気づかない、自愛的で楽な生き方だが、とても賢明とは言えない、人のために働きながら店員の僕らの手にはなにも残らない」

「志と利益は別のものよ」

「志と愛情も別のものらしい」

「同時に成り立たないものもある」

「そう思うしかないときもあるらしい、そんなことをもっと上等な言葉で小説にして、いつか読んでもらうとしよう」

「待ち遠しいわ、本当に待ち遠しいわ」

ロマーヌはその晩初めての微笑を浮かべた顔で感謝していると言い、まもなく帰るときを告げた。食後のコーヒーを愉しむ暇もないらしかった。余計な荷物になるかもしれないと思いながら、ジュールは小麦粉を入れた手提げ袋を渡した。

満員の食堂を出ると、通りは暗くなっていた。店の前にまだ行列が延びていたが、道を照らす明かりは乏しい。そこまで送るよ、いいえ、ありがとうと言い合い、彼らはそこで別れた。いっとき見送ることも、足早に去ることも、甘美な記憶と未練を断ち切ることであった。

フランスが参戦したのはそれから間もなくである。ジュールは創作のゆきづまりや脆弱な人生を打開したい気持ちから、従軍記者に志願した。フランス人としてできることをしながら、極限状況にある人間を観察するのであった。運命や死や苦悩がごろごろする現実を見つめて、それをフィクションの中に埋め込むことで新しい小説が生まれる気がした。

従軍許可は意外なほど早く下りて、着任の準備を終えると、パリは婦人の装いの美しい季節であった。連合軍の反攻作戦に従って赴く先は東洋の激戦地であった。その日がきて最新鋭の戦略爆撃機に搭乗するとき、彼は通常の装備とは別にノートの束をリュックに詰めていた。いつ生まれるか知れない小説の着想や、切れ切れな美しい文章を書き溜めるためであった。報道には報道のための平明な文章があるように、文学には永遠を組み立てる美しい文章があって、後者はどこからか不意に生まれてくるからであった。それは前線で眠りにつく瞬間か、死線をさまよう間かもしれず、そう思うだけでも気が高ぶった。いつか戦争が終わって無事に帰還しても、人間味の溢れる小説など書けなくなることにはまだ気づいていなかった。

午後おそく爆撃機が離陸して間もなく、彼は取材の機会を与えられた。搭乗員のひとりに性能について訊ねると、この一機で人口一千万の都市を破壊できる、その気になればあっという間ですという返事であった。ステルス機で航続距離が信じられないほど長く、大量の最新兵器を搭載しているという。

モニターのようなものに八千キロ先の軍港や軍事施設が映し出されるのを見ると、ジュールは息が止まった。施設は海辺の市街地に近く、見えてきたのは原子力発電所のようであった。

「ここを爆撃するのですか」

怖れを口にすると、搭乗員はなんの迷いもないように淡々と話した。

「命令があればそういうことになります、この規模なら時間はかかりません、巡航ミサイルが玩具(おもちゃ)のように見えますよ」

薄く自信の笑みを浮かべた顔は幼く、まだ皺(しわ)ひとつない青年であった。気になる家族や恋人のことなどを聞き出してから、ジュールは最初の記事を書きはじめた。青年は饒舌な自信家であったが、どうしてか行列に並びながら人生の買物をしくじる人に見えてならなかった。

その夜、記者として初めての送稿を終えたのは日付も変わるころであった。爆撃機はすでにインド洋の上空にいて、彼は眠気覚ましのコーヒーをもらっていたが、それから二十分後には血の気を失い、まるでゲームのように殺戮(さつりく)を愉しむ鬼畜を見ることになった。

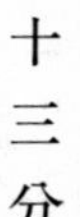

十三分

休職して初めての朝であったが、ルークはボスのためにいつもの時間に起きてキッチンへ立っていった。寒い季節はベッドにもぐり込んでくる猫だが、夏のうちはソファかリビングの本棚で眠ることが多い。魚肉の缶詰がお気に入りで、寝坊するとあの手この手で起こしにくる。もう十歳は超えたであろう知的な雄猫であった。

　この街のセメント工場に就職が決まってポートランドから移ってきたとき、彼は二十六歳の会計士であった。大学を中退してから小さな会社を渡り歩いてきたので、潰れそうにない会社の、生産ラインとは関わりのない財務課に勤めて数字の管理を仕事にするのは悪くないと思った。在学中の両親の事故死、兄の失踪、借財の発覚と不祥な出来事が続いて将来を見失っていたから、とにかく生活を築きたかった。会社が用意してくれた木造の借家は独り暮らしにちょうどよい広さで、家屋より広い庭に駐車スペースもあるし、となりが空き家なのも面倒がなくてよかった。

初めてボスを見たのは越してきた日の次の朝である。通りのようすを見に庭へ出てみると、勝手口のポーチの物陰にうずくまっていた。痩せて見窄らしい姿であったが、顔つきはよく、ルークを見ても逃げなかった。キャットフードなどなかったから、彼は水と缶詰のツナを与えた。人に飼われたことがあるとみえて、ぺろりと食べると警戒するどころかすり寄ってきた。なにかを訴えるように彼の脹ら脛に頭突きを繰り返すので、撫でてみると骨格が分かるほどの痩せようであった。

「ツナしかないが、もっと食べるか」

そう言うと猫は彼を見上げて、うんとでも言うように短く鳴いた。言葉が分かるのかと思った。その日のうちに彼はふさわしい食べ物を用意して、出てゆくか残るか、猫の好きにさせた。穿鑿好きな人間は苦手だが、体温のあるものがそばにいる暮らしは嫌ではなかった。

そのころのルークは用心深く人を見る癖があって、親切な人も陽気な人も、心のうちでその素顔を想像しながら少しずつ近づいてゆくというふうであった。田舎の小さな街の人間関係を窮屈なものに見ていたし、立派な口ほど中身のある人間を知らなかったこともある。ゴージャスなものはなにもないが犯罪者もいないような街で、揉め事といえば酒場での口論くらいであった。男たちは押し並べて明るく、女たちは質素であった。世渡りに疲れた青年には信じ切れないものがあった。

会社までは車で十三分の道のりで、それがおよそ街の広さでもあった。街外れの川の近くに安酒場があって、工場に勤める人や近隣の農家の男たちの溜まり場であった。奥に玉突きのプールが一台あるのと、三人のウェイトレスと、ときおり入るカントリーアンドウエスタンの生演奏が華であった。勤めはじめてまもなく、同僚のトム・ベイヤーに誘われて行ったのが最初である。トムはこの街の生まれで、この街の女性と結婚し、この街の隅っこに二十年ローンで建てたコンクリートの家に暮らしている。酒場の客はほとんど顔見知りで、同世代の友人のほかに叔父や従兄弟(いとこ)もいた。店に入るとまずバースツールにかけて瓶ビールをラッパ飲みするのが彼らの流儀で、そのうち知り合いが声をかけてくる。

「いい街だろう」

トムは言った。自慢というより境遇に自足している人間の挨拶であった。身なりも性格もさっぱりとして、これといって嫌なところのない男は、年下の新入りに小さな街の小さな幸せを分けようとしていた。

「妙に落ち着きますね」

とルークは答えた。トムは職場のことや街の行事について話し、自身のことも面白おかしく語った。こっちが話したのだからおまえも話せというような態度は見せず、ここへ流れ着くまでの経緯を根掘り葉掘り訊こうとしないのがルークにはありがたかった。話したところで笑えるものでもなかった。

トムはウェイトレスにも新しい仲間を紹介し、ルークがひとりできてもいいようにせっせと顔見知りを作っていった。そんなところも土地の人らしく、一時間もすると、

「ヘイ、ルーク、今度うちの息子に数学を教えてやってくれよ、ビールを奢るからさ」

そんな声をかけて帰ってゆく人もいた。

トムは酒が強く、ルークも飲む方であったから、いい酒と談笑が続いた。そのうちテーブル席の客から声がかかって、二人は壁の高いところに安っぽいネオンサインのある片隅へ移動した。呼んでくれたのはトムの親友のニコラスとオルガで、恋人の二人はときどきそうして夜を愉しむ。ニコラスは工務店に勤める街一番の大工で、オルガはシングルマザーの美容師であった。トムに紹介されて挨拶すると、

「いい街だろう」

とニコラスも言った。オルガは映画女優の誰かに似ていて、おとなしそうで、ニコラスがべらべら喋るそばで微笑んでいた。

「そのうち家でパーティをやるから遊びにこいよ、ガールフレンドが見つかるかもしれない、ルビーなんかお似合いじゃないか」

「まだそんな余裕はありません、仕事に馴れるのが先ですし」

「引っ込み思案なんだな、意外にそういう男が持てるんだよ、そうだろ、オルガ」

屈託のない顔触ればかりでルークは居心地がよかったが、それで彼らを知ったことにはならなかった。前の会社でも最初の一週間はそんな感じだったし、終わってみれば同僚や近所の住人から信頼されたことなどなかったからである。彼は少し酔っていたが、男たちの会話に巻き込まれながら、あまり喋ることもなく、笑みを絶やさないオルガを美しいと思った。初めての安酒場で、思いがけずこの街で生きてゆくことの密かな愉しみをもらったような気分であった。

夜も遅くなって帰宅すると、玄関の内側にボスが待っていて立てた尻尾を震わせた。嬉しいのだった。いつも神経を張りつめて自分を待っている相棒にルークは気づいた。朝方出かけてゆくときは少し離れたところから淋しげに見送る。あきらめて長い一日をやり過ごすのであろう。帰るとまた待っていて尻尾を膨らます。しばらくはまつわりついて離れない。リビングのソファにかけると膝に飛び乗ってきて、顎に頭突きをするのも彼の挨拶であった。十三分の帰り道が愉しみになるのに長い時間はかからなかった。

ボスは二月ほどで精悍な姿に戻り、ルークが帰宅する度に立派になった尻尾と頭突きで喜びを表した。小さなライオンのように風格があるのでボスと呼んでいるが、神経質でルーク以外の人に全くなつかないので、出張で留守にするときも人に預けられない。三日の留守なら三日をじっと待って凌ぐ猫で、その間は食事もほとんど摂らない。

一年もするとボスは家にいなくてはならない同居人になり、知り合った人々は気が置けない仲間になっていた。なにがどう働いたのか分からないが、ルークは穏やかな生活に充たされていた。街外れの酒場にもよく顔を出して、ニコラスとオルガがいれば自分から声をかけて邪魔しない程度に語らう。彼らはどうしてか結婚しないままであった。家のことで困ったことがあったらなんでも言ってくれ、とニコラスは親切で、オルガは寡黙なままであった。

「別れた男の暴力だよ、恐怖がまだ尾を引いている、オルガの娘もそうだからニコラスは苦戦している、いい奴だよ」

あるときトムが教えてくれて、ルークのニコラスを見る目が変わった。陽気な職人でしかなかった男が思慮深い男の中の男に化けた瞬間であった。そう思って見ると、二人は幸せな夫婦になるべき男と女であった。

夏の休日がくると、彼らは川べりでピクニックをした。酒場の少し川下に流れの緩いところがあって泳げる。対岸は林だが、こちら側は開けた野原で川沿いに道もある。トムと妻のマーサ、ニコラスとオルガがいつものように寄り添い、ルークの相手はセラであった。八歳になるオルガの娘は男というだけで怖れて、目を合わせようとしなかった。女の子を愉しませる方法を知らないルークは学校のことを訊いたり、好きなものを訊ねてみたりしたが、会話は弾まなかった。しかし手作りのサンドイッチやフライドチキンがやたら美味しく、そうしていると家族と過ごしているような休らいがあった。川も木々も輝いて、ありふれた野原すら美しかった。いい街だな、と彼はそのとき思った。

ひとりだけ幼いセラはダイジェスト版の文学集を持っていて、質問攻めに飽きると読むでもなく眺めているのが分かった。それにも飽きて川を覗きにゆくと、ルークも並んで歩いた。

「魚はいるのかな、なにが釣れると思う」

「知らない、ニコラスに訊いてみたら」

彼女は言った。そのあと足を滑らすかして大きな水音を立てたのは出し抜けのことであった。悲鳴を聞いたオルガがやはり悲鳴をあげて、ニコラスがすぐに飛び込んだが、セラは流されていった。一瞬のことでルークはどうしてよいか分からずに川べりを追いかけながら、名前を呼び続けた。その脇をトムの車が川下へ走っていった。淀みを過ぎると川の流れは急に速くなるのだった。

やがてトムもセラを待ち伏せて流れに飛び込み、ニコラスと二人がかりで助けた。川に落ちてから二分とかからなかったので、セラは無事であった。

「すまない、手をつないでいればよかった」

ルークは青ざめた顔で駆け寄り、泳げないことを白状した。罵られるか馬鹿にされると思ったが、トムもニコラスも終わったことにほっとして肩を叩くだけであった。

「よくセラを見失わずに走ったわ」

とマーサに言われ、

「ありがとう、一生忘れない」

そうオルガにも言われると、人生で最良の人たちといることに彼は思い至った。ここに根を張ろう、そう思うことが本当の生活を築く第一歩だと気づいた。すると肩の力が抜けて、知らず識らずデラシネの鎧に頼ってきたらしい自分にも気づいた。

三年も暮らすと街は安住の地に思われ、もっと条件のよい仕事を求めてどこかへゆこうという気にもならなかった。職場の人間関係も順調で、美しいオフィスとは言えないが笑いがあるし、上司になったトムも人間は変わらなかった。ボスはいくらか老いてきたものの、うれしい出迎えは変わらず、退社後の十三分の家路は一日で最も胸躍る時間になっていた。ルークの車の音も足音も覚えたボスは玄関の鍵を開ける前から待っていたし、喜びが過ぎて甘嚙みすることもあった。休日になると彼らは庭で遊び、日溜まりのベンチに並んでうたた寝した。

お互いにどうして生きてゆこうかという心配はなくなり、お互いに相手がいるだけで充たされてゆく。あとはもう少しの豊かさを目指して励むだけである。そのうち家族も増えるだろう。そんなことを考えながら独り微笑み、ボスの体を撫でるうちに一日が過ぎてゆく。素朴な街の空気に洗われ、そうしていられることが彼にとってはすでに確かな生活であり、言い換えるなら未来でもあった。

内輪のパーティにふさわしいお洒落な店などない街のことで、壮行会はゆきつけの酒場でいつもと変わらない顔触れとのお喋りになった。ニコラスとオルガは少し前に同棲をはじめて、セラとの関係もうまくいっているせいか、以前にも増して睦まじい雰囲気であった。去年男の子を産んだマーサは育児に忙しかったが、その日は両親に子供を預けてやってきた。急の会議が入って十分ほど遅れてきたトムは疲れてみえる顔を繕いながら、明るく振る舞おうとしていた。

「ご馳走に美人も揃っているし、うまい酒になりそうだな」

「あなたもニコラスも飲み過ぎないでね、今日はルークが主役よ」

そばからマーサが言って、丸テーブルを囲んでのささやかな宴がはじまった。ルークの向かいにはオルガがいて、やはり薄く笑んでいる。夏の夕暮れのまだ陽のある時間で、客は少なく、玉突きをする人もいなかった。気になっていたのか、

「両親には知らせたのか」

とニコラスが訊いた。

「いや、二人とももういないから」

ルークは言ってしまってから、よい機会だと思い、初めて孤独な境涯を話した。せっかくの集まりを湿っぽくするつもりはなかったが、誰もがビール瓶かグラスを握りしめて聞いていた。するうちマーサが洟（はな）をすすり、耐えがたい雰囲気になったとき、

「私もよ」

とオルガが言い出した。

「十五歳で叔父夫婦に引き取られたけど、窮屈になって飛び出したのが十九歳のとき、それ以来一度も帰っていないの、でもセラには故郷ができたわ」

「いい街だろう」

ニコラスとトムが声を合わせたので、みんなが笑った。そんなことも彼らの心尽くしであった。

「さあ食べましょう、ルークが先よ」

マーサに促されて、彼は大皿のご馳走に手を伸ばした。

多くの国を巻き込む戦争がはじまってから物資が不足して、街の酒場で食べられるものは限られていたが、地元でとれるジャガイモと鶏肉だけは豊富であった。貿易と物流は陸続きの同盟国の間だけという状況で、どの国も食糧難や不況に喘いでいる。世界が大戦という最悪の事態に向かっていることを多くの人が感じていながら、他国の強欲な権力者たちにいいように振りまわされて、戦争はある日なんの脅威もない風のように起きてしまった。アメリカではすでに予備役の人も召集されて前線へ向かっていたし、戦死する人も志願兵も増えていた。しかし戦ってなにを勝ち取れるのかも分からない戦争であった。食料や平和や発展の夢なら、開戦前にも十分にあったからである。

ルークに兵役の通知がきたのは一週間ほど前のことである。彼がすぐにしたのは家主と交渉して今の家を安く借り続けることであった。荷物をまとめたところで送る先はなかったし、ボスの住まいを守りたかった。ニコラスに頼んで勝手口に猫用の出入口を作ってもらい、留守中の食事の補充も頼んだ。何年後に帰ってこられるか分からなかったが、そうしたかった。

「心配するな、毎日顔を出すし、いざとなったら俺が引き取る」

ニコラスは言ってくれたが、セラが猫アレルギーであったし、ボスも望まないだろうと思った。そのための用意にルークは有り金を叩(はた)いて、残りもニコラスに預けた。遺言状はトムに託した。一週間はあっという間に過ぎて、できることは僅かであった。彼は銃など持ったこともなかったが、猫のことを案じながら人を殺しにゆくのであった。

「とにかく無事が一番よ、勲章なんて見たくないわ」

「戦争が終わったら、西の空き地におまえの家を建てよう」

「一階はコンクリートだな、洒落た東屋(あずまや)があるといい」

「セラが泊まりたがるわ」

彼らは言った。

人生の仲間が集う家はルークの夢でもあったから、彼は理想の家を思い浮かべた。リビングの書架を思い切り深くして、そこにボスや彼の子供たちが暮らすのである。寝室のベッドはキングサイズでなければならない。そんな資金はまだなかったが、頑張れば建てられるような気がした。

酒食の途中から話は愉しくなって、ニコラスがよく喋り、トムが珍しくジョークを飛ばした。オルガがいつもより大きく笑い、マーサがニコラスをからかう。そこにはなんとも言えない調和があって、こんな連中はアメリカ中を探しても見つからないだろう、とルークは眺めた。

「いい街だな」

そう呟いたのは彼自身であった。戦う目的がないなら、この街と彼らとボスを守るために戦おうと彼は思った。ほかに人殺しになる自分を許せるような理由はなかった。

少し前から客が入りはじめたものの、店内は静かで、カウンターの客もおとなしく飲んでいた。会計もするバーテンダーの前に義援金の募金箱があって、手洗いに立ったトムが紙幣を入れている。ルークは募金したことがなかったので、自分も帰る前に入れようと思った。そういうことが小さな幸運につながるような気がした。

「彼は太っ腹ね」

「従兄弟(いとこ)が志願して揺れているのよ」

女たちは囁き合った。

「まあ、そのうち俺たちもゆくことになるだろうが、早くこの暮らしに戻りたいな、世界中の九十九パーセントの人たちがそう思っているんじゃないか」

料理がなくなり会も終わるころになってニコラスが言い、女たちが目を落とした。トムが気休めを言い、

「またこうしていられるようになるよ、そのために一度出てゆくだけさ」

とルークも言った。

店を出ると、外は月明かりの夜で、彼らは駐車場で別れた。車に乗ろうとしたとき、すっと寄ってきたオルガが頰にキスをしてくれたのは意外であった。

「淋しくなるわ」

彼女は言った。すぐ近くでニコラスが見守りながら笑っていた。ルークは軽く片手を挙げて彼らの気持ちに応え、最後の家路を愉しむために車に乗り込んだ。

次の朝早く、彼は入隊に必要な荷物を車に積んで、会社へゆくときと同じ身支度をした。ニコラスに宛てて注意事項を記したメモを残し、外にも水とドライフードを用意したのは念のためであった。玄関ドアのキーを郵便受けに入れて出発の準備ができ

ると、四年近く暮らした家を眺め、庭を歩いた。

三日前に芝を刈り、草取りもした庭はきれいで、通用口を覚えたボスが日向ぼっこに出ていた。彼はそばに座ってブラシをかけてやりながら、

「ごめんよ、今日は帰れないんだ」

と話しかけた。

「ニコラスは知っているな、彼が毎日きてくれる、食べるものもある、ニコラスはいい奴だし、ここで私の帰りを待っていてくれたら嬉しいが、どうしても嫌だったら好きなところへおゆき、ただし、分かるな、そのときはなんとしても生き延びるんだぞ」

それだけ言って、ルークは車の方へ歩いていった。濡れた目を見られないようにしていたが、勘の鋭いボスは別れの瞬間が迫っていることに気づいたかもしれない。振り返ると庭の端まで見送りにきたので、彼は手を振った。それから自分で自分を追いやるように車へ乗り込み、人生で最も長い十三分を走りはじめた。

こんな生活

夕暮れに葱(ねぎ)の洗浄を終えて帰宅したジェンドンは、薄明かりの居間で悄然(しょうぜん)としている妻のシャオシアを見た。テーブルに郵便物が見えたので、彼はなんとなく運命を予感しながら顔色を変えないように努めた。嘆いてもはじまらないことは分かっていたし、同じことなら冷静に遣り過ごしたいと思った。

「起きていていいのか」

優しい声にもシャオシアは驚いて、こんなものが、と唇を震わせた。目をくれたのは薄っぺらな召集令状であった。

「ああ分かっている、心配するな」

ジェンドンは寄ってゆき、慰めるために妻の背に手を置いた。言葉が途切れたが、沈黙が二人の了解であった。

わけの分からない戦争がはじまってから彼らの家では不幸がつづいた。一人息子のハオランが召集から五ヶ月後に南シナ海の小島で戦死し、シャオシアが乳癌を患った。異常気象による災害、人手不足、農薬の供出とつづいて、丹精した畑も小さな果樹園も荒れてしまった。信頼できる病院は遠く、大金がなければ癌の治療もできない。愁嘆場を繰り返すことにもジェンドンは疲れて、なるようにしかならないものなら流されるしかないと思いはじめた。戦争に負ければ国そのものが滅びるだろうし、勝ったとしても農民が人並みに生きてゆける社会が待っているわけではなかった。すると、これから向かう先よりも後ろに人生が残る気がした。

　内陸部の貧しい村に生まれた彼は子供のころから過酷な農作業を見て育った。ほとんど自給自足の生活で、現金収入は少なく、痩せた土地と闘う両親は実際の年齢より十歳は老けていた。いつ建てたのか分からないような粗末な家で粗末な食事に耐えながら、重労働の日々を重ねる。子供の目にも二等の生活に見えて、自分の代にはなんとかして変えたいと思わずにいられなかった。それは父も祖父も同じであったが、農作物の増収をはかる方法も技術も分からず、それを生み出す教養もなかった。

　そのころジェンドンの自由と休息は学校にいる間のことで、家業の手伝いは当然の義務であった。早朝の鶏の世話から放課後の畑仕事まで、することはいくらでもあって、今日で終わるということがなかった。次から次へ作付けする畑は地味が衰え、植物を生長させる力がなくなっていたが、貧弱でもなんでも作らなければ食べてゆけない。よい種もなければ人間も痩せて、父は筋肉だけで生きているような体つきになり、もともと華奢な母は背が丸まった。まわりもそんな家ばかりで夢の見ようがなかった。共産主義の国でありながら政府の保護はなく、勝手に生きろとでもいうようなつれなさに村の人々はさらされていた。

冬の日、母が土間の台所に立つと、ジェンドンは農婦の細く哀しい運命を眺める心地がした。家は外も内もペンキで補修されていたが、板が反り、隙間ができて、雪が吹き込んでくる。猫背の母は後頭部に積もる雪に気づかず、暖かい居間へ料理を運んで落ち着くと髪を濡らすのであった。

「金がいるな」

と父は言った。

この国で人間らしく暮らすことを許されているのは都会に生まれた人々で、恐ろしく豊かであった。企業に勤めて高給を取り、好機とみれば転職し、起業し、金で金を作る人たちである。安い仕事を嫌う自由もあれば、安い労働者を使う自由もある。しかし彼らの優雅な生活を底から支えているのは貧しい地方からくる出稼ぎ労働者たちであった。低賃金だが、貧困からの脱出を可能にする唯一の方法であった。

金策を思いつめていた父が民工（みんこう）となって広州（こうしゅう）へ出たのはジェンドンが十一歳のときである。重労働には馴れていたが、めまぐるしい都会での賃労働と孤独の生活は精神を痛めて、三年目のあるとき不注意から大怪我をして失意の帰郷となった。家を修理する金はできたものの、以前のようにきびきびと畑で働くことは困難になってしまった。

「耕耘機（こううんき）がいるわね」

と今度は母が肩を落とした。

九年間の義務教育を終えると、ジェンドンが是非もなく一家の柱となって働いた。育ち盛りの体はどんどん鍛えられたが、土壌は鍛えようがなかった。いろいろ試してはみるものの、知識のなさは致命傷であった。もういい、畑は潰してもいいから都会へ出ろ、と父はすすめた。個人所有の土地ではないし、食べられなければ身を縛る戸籍の柵（さく）もへちまもなかった。内陸で農業に執着することは自滅を意味する段階にきていて、想像を絶する困窮が一家を待つかもしれなかった。

一人っ子で両親の老後も案じるジェンドンは長い間考えた。たとえ都会で成功したとしても一時凌ぎの金と荒れ地が残るだけであった。離農する人が増えて食糧が不足したら官憲はなにをするか知れない。といって人間らしく生きる権利まで放棄したくなかった。

彼にとって幸運だったのは外国の商社が広い農地と用水の便に目をつけたことで、ある年を境に状況が一変した。資力と技術を持つ彼らは同胞より親切で、礼儀正しく、辛抱強い農業改革の指導者であった。しかも農民の自立と増収を忘れていなかった。

願ってもない交渉がまとまると、土壌改良剤が散布され、休閑期のなかった畑の片側に低い果樹が植えられ、二年もすると立派な果実の収穫がはじまった。驚いたのは効率的な作付け、農薬の適量、見栄えと品質の大事なこと、安全性と信用、出荷方法といった技術情報を異国の商社員が惜しげもなく教えてくれたことである。信頼が生まれると、この国の誰よりも頼れる存在になっていった。

美しい商品となった作物は商社によって海外へ輸出され、あるいは都会の食料品店に並べられた。ジェンドンは生でも食べられる野菜作りを覚え、清潔な形で箱詰めすることから生まれる商品価値を知った。商社が約束した増収が実現し、働く意欲が増すと、なにもかもがうまく回りはじめて最新の農機具も揃った。果実をとる梅とサクランボの栽培にも成功し、家を新築するころにはよい縁談も起きて、ジェンドンはたくましい青年になっていた。ひとりの人間として胸を張って生きられる日が二十代で実現するとは思わぬことであった。

「よくここまできたな」

父は感慨をこめて言ったが、著しい成果の大部分は外国人の指導に依るところが大きかった。寛容な彼らは自らの利益のうちに村の発展を組み入れていたし、長い将来を見通すことに馴れていた。消費者を無視して目先の儲けに飛びつくことが本当の進歩をもたらさないことも知っていた。ジェンドンはそういうことも彼らから学んだが、どんなときでも自分を正当化する民族の気質が彼の中にもあって、規格外の野菜の混入や農薬の量の僅かな間違いを指摘されて、つい反論することがあった。しかし自己弁護のための感情的な屁理屈にも彼らは顔色を変えずに向き合い、内心では呆れながらも、目に見えない安全性やそのための努力が大きな信用を生むことを諭しつづけた。

「不注意やミスをごまかすことより、ルールを守ることに馴れるべきです、そうむずかしいことではないでしょう」

彼らは言った。食うや食わずの日々はとっくに乗り越えていたにもかかわらず、目先の利益のために高をくくる甘さがジェンドンの側に残っていた。慢心に気づいた彼は自身の過ちや油断を認めることからはじめた。どういう教育を受ければ彼らのように優しくなれるのだろうかと見上げる気持ちであった。

忙しく歳月が流れて一家は都会の無産階級並みに豊かになり、ジェンドンにも妻子ができると、生活の安定が精神の休らいをもたらした。若いころの無理が祟って父母は次々と旅立ったが、最期は暖かいものに守られて幸福であったろう。それも外国企業の技術提供という商売半分親身半分の助力のお蔭であった。だから突然彼らの国と戦うことになったときも、なにを馬鹿な、と彼は心底から失望した。外国資本の流入によって経済成長を遂げながら、軍備の増強を重ねた挙げ句、利己的な思惑に任せて国力を振るい、帝国化したのは自分たちの国であった。それまで世界はどうにか平和で、戦火を広げる必要などどこにもなかったのである。国と国との敵対関係は人と人との深交を踏みつけて、一般人には無意味な争いであったから、ジェンドンは支配階級の過信と欲深さに辟易した。

「奪うことしか知らない、愚かな連中だ」

「そんなことを人前で言ってはいけません」

シャオシアは密告や指弾を案じた。

戦時下の人々は外地での攻防戦の勝敗に浮かれ沈みして、軍事体制下の権力に迎合しながら運命を預けるしかなくなっていた。開戦当初は圧倒的に優勢だった戦局が一年足らずのうちに悪化の一途をたどりはじめると、民衆の生活も怪しくなりはじめた。経済成長がとまり、物資が不足し、あるところにはある食糧や資材が世界に散っている軍隊への補給にまわされたからである。ジェンドンの家では息子の戦死、妻の発病と不幸がつづいた。村では用水の汚染が深刻化して、なんのためか農薬の供出がはじまり、農業は不作と農地の荒廃という後退の末路へ向かっていた。知恵を授けてくれる外国人がいなくなって、奪い合いと罵り合いの世間が残り、農具や苗の貸し借りもなくなってしまった。人間不信と生活苦と虚脱という悲劇の波に漂い、開戦の大義名分がなんであったか覚えている者すらいない。そんな国の暴走が今のジェンドンの未来を支配していた。

　夕暮れの陽射しが急に薄れてくると、彼は家の明かりを点けてまわった。夫婦でうなだれていてもはじまらないし、なんとか妻の心痛を和らげてやりたかった。明るい話題などどこを探してもなかったから、彼は今日駅から歩いてきたという妊婦に少量の葱と芋を分けてやって、代金のかわりに煙草をもらったことを話した。

「煙草を吸うのは何年ぶりかな、いいものらしい」

「その人はどこからきたのかしら」

「さあな、街の人のようだった」

「きっとそうして少しずつ騙し取っているのね、丘の向こうに男の人が待っていて、車が一杯になったらどこかで売るのでしょう」

「そうかもしれない、だが信じてやりたい気もする」

「食事の前にお酒でも召し上がれ」

シャオシアは言って、そろそろと支度をはじめた。癌の進行か転移がはじまったとみえて、彼女の動作は鈍くなっていた。働きたくても痩せた体で重い物は持てないし、寝ていても激痛に襲われることがあるので休らうときがない。大病院での手術をあきらめて、どうにか手に入る抗癌剤と痛み止めが頼みの綱であったが、それも怪しい薬かもしれなかった。

テーブルに目障りな紙切れがある。ジェンドンは整理簞笥の引き出しに移して酒の支度を手伝いながら、この歳で兵役とはな、と口にするのをためらった。愛国心と言えるほどの強い気持ちもなく、敵を憎むでもなく、少数支配層の暴力を怖れて仕方なく出征するのであった。痩せた畑を相手に骨身を削る方がましであった。戦争をはじめる前の暮らしの方が豊かであった。どうしたら美しい農園を取り戻せるだろうか。そんなことを外敵となった人たちと語り合い、笑ってみたかった。

じきに酒の支度ができて、シャオシアが椅子にかけると、

「まだ一週間ある、できることをしよう」

彼はなんのあてもなくそう言っていた。

次の日から彼はシャオシアのために荒れた畑を整理した。収穫できるものは多少未熟でも出荷して現金に換え、残りは放置するか廃棄した。半端な野菜は通常の半値にもならないが、妻ひとりでは収穫はもちろん洗浄も箱詰めもできない。虚しい作業が終わると五日が経っていた。

彼は日持ちする食品を買い込み、二ヶ月分の薬をもらい、シャオシアの身のまわりに思いつく限りのものを揃えた。

「まるでキャンピングカーね」

そう言って彼女は夫を笑わせたが、その十秒後にはもう十分です、どうせ死ぬんですからとも言った。

「ジーカのところのばあさんに時々見にきてくれるように頼んでおいたよ、あのばあさんはしっかりしてるから頼りになる」

「どこも男手が足りなくて大変でしょう」

「そのうちみんな帰ってくるさ」

ジェンドンは出征した村人のその後を知っていたが、言えなかった。ジーカの母親にも口止めをして、そんなことでも妻を守ったような気になった。シャオシアにできそうなのは鶏の世話だけで、それもできなくなったらばあさんにくれてやるつもりでそう話していた。寒風の吹きつける農園の荒れように呆然としながら、人間もそれぞれの人生にある始末をつけなければならなかった。

彼は国の指導者たちがどんな戦略を打ち出そうと、いかなる名言を吐こうと、妻も自分も死ぬだろうと思った。大国として当然の繁栄と共存共栄を謳う彼ら自身に世界の秩序を守る気持ちなどないからであった。国内の窮状を見れば笑ってしまう大国であり、人間まで大量に消費する愚かな国であった。内戦と搾取の歴史を英雄伝説にすり替えてきた国に崇高な思想などあるはずがなかった。

横取りの文化は民衆にも浸透して、与える喜びを忘れてしまった人々は蓄財と利権に執着している。貧しい人が豊かになるのはよいことであるのに、自分の利益を求めるあまり他人の苦痛や損害を気にかけない。ジェンドンはそのことに気づいて久しかったから、心の変革をすすめる声も上げずにきたことが悔やまれてならなかった。反体制派の活動家として弾圧されることを怖れる気持ちもあったが、草の根の運動として村の中からでもできたはずであった。そういう躊躇やあきらめが積もり積もって軍国化を許すのだと思った。

「今日はもう休んでください」

とシャオシアが言った。ジェンドンを見た顔は青白く、目の下に隈ができていた。そばにいてほしいのだろうと思い、彼は一日をほぼ家の中で過ごした。家事をしたり入隊の準備をしたり、ソファに妻と並んで古いアルバムを眺めたりした。戦死した息子の笑顔を見るのは辛いことでもあったが、死者の世界は身近になっていて、子や親が待っていると思うと慰められもした。

「見て、このハオランの顔」

「ちょっと肥りすぎだな、よく食べたし、いたずらもしたな」

「電柱に登って下りられなくなったことがあったわ」

「牛に跨がって落ちたこともある」

「怪我ばかりしてやんちゃな子でした、そのくせいつも泣くのは私の方で、あの子はちっとも懲りない、でも愉しかったですねえ」

二人は声を上げずに笑った。写真はどれも懐かしいというより、血のたぎる人間が命を継いだ時間の中に生きていた。アルバムの終わり近くに農作業をする男の姿があって、ジェンドンの父親であったが、いつ誰が写したものか分からなかった。彼はまだ若く、筋肉質のたくましい半身を陽にさらしている。汗の浮いた立派な力瘤がみえて、肌は脇腹まで真っ黒であった。ジェンドンはその日を覚えていないが、フレームの外に小さな自分がいて父を見ているような気がした。国家という身勝手な権力に二等の人生を強いられながら、つましい生活を守るために一日をよく働いた人であった。その子供に生まれて彼も苦労したが、自分たちとは違う人間の柔軟な知恵を知り、良いときも味わい、人を思うことを覚えた。そのためにハオランの死を二重に噛みしめることにもなった。

息子を殺したのは実のところ敵弾ではないと彼は思うようになっていた。これから自分たち夫婦が死んでゆくのも敵のせいではないし、ましてや先に命を賭(と)して消えていった人々のせいでもなく、言うなれば強欲で愚かな同胞のエゴイストたちのせいであった。育ててしまったのは不正や不道徳と闘うことの苦手な自分たちで、取り返しがつかない。内省なしに思想が生まれないように、独善的な理屈と非人道的な兵器で自分たちに都合のよい世界を築けるはずがなかった。だから負けるだろうし、負けた方が万人のためになるだろうと思った。そこから新しい自由な、誰もが自力で人生を築ける社会を作ることに彼は間に合いそうになかったが、そこに死んでゆく意義を見出すしかないのも無力な人間の業であった。

夕暮れの気配とともに最後の晩餐(ばんさん)のときがきて、彼らは少量の酒を味わった。シャオシアも口をつけて、お別れの前にこんな一日を過ごせて幸せでしたと言った。そういう妻にこの国の女の不幸を見ながら、ジェンドンは自分の人生も終わる気がした。丹精した畑が見る影もなく寂れたように、夫婦が睦まじく語らい、慰め合うときはもう二度とあるまいと思った。シャオシアも精一杯の微笑を浮かべて、終幕の淋しさに耐えていた。

「写真は持ちましたか」

と彼女は訊いた。

「ああ、親子で並んでいる写真にしたよ、みんな若くて輝いているから」

「私たちの生きた証ですね、それとも形見でしょうか」

「形見なら誰かがもらってくれる、どこへゆこうと希望は捨てないつもりだから、おまえもあきらめるな」

ジェンドンはそう言っていた。これから病魔と孤独と闘う妻にしてやれることはもうなかったが、せめて思い出す言葉くらいは与えておきたかった。なんとか生き延びて戦後の社会を見届けてほしい。もしそのときがきたら、新しく生きるために必要な自浄の声を上げてくれ。誰かが勇気を奮えば多くの人が賛同するだろう。ジーカのばあさんが最初のひとりでもいい。

「大役ね、私に務まるかしら」

「やんちゃ坊主を立派に育てたじゃないか」

「随分泣かされもしたけど、誇らしく思うこともありましたね」

「みんなハオランのように変わるさ」

彼は調子づいたようにみせて、そんな日がきたら二人で電柱に登ろうなどと話した。シャオシアは思い巡らす顔になって、微かにうなずいた。

夜が明けてまもなく、御飯が炊けるのを待つ間にジェンドンは畑を見にいった。寒い朝で前庭の地面も凍えていたが、かつて鋤鍬(すきくわ)で耕した広さを見ておこうと思った。まだ耕耘機のないころ、農具を担いで向かう先は地味の枯渇した痩せ地であった。作れるものは限られ、いくら丹精しても収穫は少なく、生きるためにすぐまた作付けするという繰り返しであった。収入に結びつかない労働を父は飽くことなくつづけて、まれに小さな成功をみるのが喜びであった。一日の作業を終える夕暮れ、父と子は呆れるほどささやかな前進のあとを眺めた。帰ってゆく道は長く、根拠のない向こう気と溜息が争った。その広さは空母が遊べるほどもあった。

早朝の畑はいつの季節も清々しいが、今はまた衰えを見せはじめて、果樹だけがたくましく生きていた。放置した野菜が生き継ぐ間が命であろう。ジェンドンは畑地へ少しばかり踏み込んだところに立ちながら、おそろしく厄介なものに眺めた。たとえ健康な体であっても、女ひとりの力でどうにかなる相手ではなかった。それでいて夢の育つ広さであった。

気の重い朝食のあと、彼は身支度をして家を出た。丘を越えて鉄道の駅へ向かうのであった。見送りに出てきたシャオシアへ、

「寒いから入っていろ」

と言ったが、彼女は唇を結んで動こうとしなかった。やがて震えが起こるのは仕方のないことであった。

「早く入りなさい」

彼は言い、丘の坂道へ向かって歩いていった。なにか言うシャオシアの声は聞こえなかったが、庭に立ったまま見送っているに違いなかった。

車も通る丘の道は広く、上辺だけの大国のように粗末に舗装されていた。なだらかで大木のない斜面は見通しがよい。彼は半分ほど登ったところで振り返ってみた。家がもう下に見えて、目を凝らすと前庭にあるはずのない黒い岩のようなものがあった。地面にしゃがみ込んで動けずにいるらしい妻に彼はすぐ気づいたが、どうすることもできずにまた歩きはじめた。列車の時間があるし、そのうちジーカのばあさんがくる

だろうと足に言い聞かせた。

やがて丘の上まできて、もう一度見るかどうかためらい、やはり見てしまうと、本当に小さな点になってシャオシアがうずくまっているのが分かった。このまま終わってしまうのではないかと不安に襲われ、早く家に入れと念じながら見つづけたが、黒い点は少しも動かなかった。

旅行鞄を下ろして、やめていた煙草に火をつけたのは無意識のうちであった。あまり見ることのない家の屋根も黒く見えていた。広大な畑をどうにか守り抜いたちっぽけな家であったが、家人がひとりまたひとりと去って終わろうとしていた。シャオシアが最後の住人であったから、ジェンドンは自分がその終末を見ることになるとは思わなかった。これが気の遠くなるような苦闘のゆきつく果てかと思うと、寒くてたまらない気がした。苦労のし甲斐とか生存権とか、いったいこの大地のどこにあるのかと思う。

彼は胸のポケットに大根の種をつめた小袋を忍ばせていた。外地で戦死して、もしそこが地面の上なら、いつか自分のかわりに育つかもしれない命を夢見たからである。だがそれも虚しい夢に思えてきた。

時間の許すまで立ち尽くしたあと、動きそうにないシャオシアに別れを告げて、彼は坂道を下りはじめた。振り切るしかない感情に堪(た)えながら、早く家に入れ、と繰り返し口にするうち、本当にシャオシアが力尽きたような気がした。

坂下に戦死した村人の霊が待っているような寒い道の途中で立ち止まると、彼はまた煙草に火をつけて、ライターを仕舞うついでに種の袋の封を切って捨ててしまった。間違っていつかこの淋しい丘に大根の葉が萌えるとき、人々はその不思議を思うだろう。通りすがりの貧しい泥棒が喜ぶかもしれない。そうなることの方がいくらかましに思われ、そんな空想を慰めにしながら、うんざりする道を歩いていった。国政を私物化して共栄を騙(かた)る強欲な徒党のために人はあらぬ方向へ歩かされるものだと思いながら、やはり儚(はかな)いさだめを負わされて大地にうつぶす人を思いやらずにいられなかった。

解説

江南亜美子
（書評家・京都芸術大学文芸表現学科講師）

日本の人口は、戦後生まれが八割を超え、アジア太平洋戦争の直接的な経験を語ることのできるひとは少なくなった。平和ボケといわれようと、武器を手にせずいられる凪いだ時間が、これほどながく続いていることは幸せだ。

しかし諸外国に目を向けてみれば、戦争や、内戦や、民族間の衝突、支配権力による締め付けなど、紛争はいたるところで起きている。アメリカは二〇〇一年の同時多発テロに端を発し、約二〇年におよんだアフガン戦争で疲弊しきったところであり、世界でもっとも避難民を生んだといわれるシリアの内戦では、独裁政権と民主化を求める市民の争いが、それぞれの思惑を持つ各国の代理戦争となって激化した。香港では中国共産党主導で香港国家安全維持法が施行され、集会や言論の自由が急速に脅かされている。

さらには、日常生活がとつじょ奪われる難民状態になることや、人種やマイノリティ性の問題で差別を受けることや、他人に不寛容な時代の強迫観念にさらされることなど、人々を理不尽におそう抑圧状態をも広義の「戦争」にふくめるならば、それはあらゆるところに姿をあらわす。日本もその例外ではない。私たちはいまこのときも、「戦争」の影におびえて暮らしていると言っても、あながち間違いではないだろう。

戦争状態は、日常の光景をどう一変させてしまうのか。まるでケーススタディのようにして、いくつもの人生を描き出していくのが本書である。

『ある日 失わずにすむもの』というすこし謎めいたタイトルを持つ本書には、時代も舞台もばらばらな、一二の短編が収録されている。英語表記のタイトルは「twelve antiwar stories」とあり、つまりは「反戦」の意味合いがこめられていることがわかるのだが、関連がなさそうでいて、どこかゆるやかにつながりあうこれらの一二の物語の通奏低音となるのは、戦争のきざしが人々に認識される、そのモーメントを描いていることである。

たとえば、巻頭におかれた「どこか涙のようにひんやりして」では、酒浸りの父母のもと、子どもながらに人生の展望を見出せずにいたマーキスが、ジャズとの出合いにより、悪い仲間の縁を切り、実家を離れ、ボストンでのサックスプレーヤーとしての堅調な生活を築いていく。そうやって人生の踊り場で一息ついたとき、自分にもバンドメンバーである弟にも、アメリカ軍への召集命令がくだるのだ。〈一般人を巻き込む大戦があったのは数世代前の二十世紀のこと〉とあるので、時代はいまよりすこし先の近未来。無人戦闘機も使用されてきたが、最後のたのみがマンパワーなのは、この時代も先の大戦もかわらないのだろう。絶望したマーキスはある思いがけない行動に出て、弟の命だけでも長らえさせようとする。

あるいは「偉大なホセ」では、バルセロナから三〇〇キロほど内陸の、地中海の明るさや、きらめきからはほど遠い小さな村で、人と交わらず、蓄財だけを楽しみに生きるホセという男が登場する。ワイン農家としてうまく商売を回して得た自負からか、コミュニティの外部を知りたいとも思わず、人付き合いも極力避けてきたこの孤独な男は、しかし何の因果か、スペインが参戦した世界規模の戦争に、自分もやむを得ず直面することとなる。

備蓄していたものを教会に寄付し、だいじな葡萄畑を商売敵(がたき)に委託することを決めたあと、彼の心に広がるのは虚無だったろうか。村人を誘った最後の食事会には誰ひとりあらわれず、あとは戦地に赴くばかりとなった日の朝、思いもかけず、彼は、自分のために祈りを捧げる村の人々の姿を目にするのだ。〈うしろに大切なものを引きずり、前に怖ろしいものを見ながら、一体なんのためにと思わずにいられなかった〉。

こうして一編を読み終わるたびに、読者は、音を伴わない息をそっと吐きだしながら余韻にひたることになるだろう。いずれの登場人物たちもごく無名であり、戦闘の場面において、おそらくはリーダーシップを発揮して指揮統一を担ったり、敵を欺く戦術をシミュレーションしたりしそうな人物ではない。主体的にではなく、いわばまきこまれて、戦争に参加するのである。

自分がハンドリングしてきたはずのおのが人生が、理不尽にも、自分以外の存在に左右されてしまうこと。葛藤や、諦めや、抵抗や、未練がそこにはつきまとう。本書は、アメリカやヨーロッパやあるいはアジアに住まう人々が登場するが、描かれるのは、彼ら彼女らの感情だ。わざと明示的には書かれなかった余白のなかにたちあがってくるものもふくめた感情こそが、これらの短編の主人公となる。感情の肌理(きめ)は、国民性のちがいなどこえて、私たちにも共感しうるものとしてある。

それでも、一二篇のうち日本を舞台にしている唯一の作品「アペーロ」に、とりわけ目をひかれる読者は多いのではないか。この作品では、房総半島の漁師町で、会社員から漁師に転身した千紘の心情が描かれる。平凡な暮らしを強く求めるでもなくただ惰性的に日々を送っていた彼は、あるとき危険な海から生きる力を備給する漁の仕事に、この先の情熱を傾けると決心し、市内から転居する。親は堅く安全な勤めから離れることの無念を吐露するが、それを振り払えるほどには千紘は大人であり、こうして自分の人生の舵を取ってきたのだった。漁師町では信用組合につとめる年若い渚月のバイタリティに魅了される。はやくローンを組んで自前の船も手に入れ、彼女とともに、充実の人生を送りたいと考える。

しかしその日はやってくるのだ。〈いつもと違う雰囲気に渚月は目を見張った〉。テーブルには千紘の手料理とワイン、そして海辺の崖下の家をつつむのはジャズやブラジル音楽のレコードから流れでるあたたかな音楽だ。親密なムードのなか、千紘は語り掛ける。〈「ここでずっと一緒に暮らすことを考えてくれないか」「むろん戦争が終わって生きていたらのことだが、夢や目標があればそのために頑張れるような気がする」〉。明日の出兵をまえにし、日常が瓦解しても生きつづけるためのよすがを、生きて帰ってくるための約束を、渚月にとりつけたいと願うのだ。

しかし渚月は「私のような世間知らずは目の前の現実から未来を逆算するの」と苦しい胸の内を吐露する。つまり渚月は、自分の有り金ぜんぶを未来に賭するようなことはできない。一日一日を積み上げて、「現在」を作っていきたいタイプなのだ。この決定的なすれちがい。戦争がなければ結ばれただろう縁が途切れてしまう、言いようのない寂寥感を、本書はていねいに描き出していく。読者はふたりの行く末に、つい思いをめぐらせることになる。

結局のところ、本書がくりかえし描く「戦争」とはなんなのか。ひとつには、自分の日常がとつじょとして姿を変えてしまう理不尽さそのものであるのだろう。大事に築き上げてきたものが一瞬にして奪われること。人との別離を余儀なくされること。それは自然災害や大規模地震などでも引き起こされると、私たちは経験的に知っている。

さらに「戦争」に含意されるのは、死に対する不安感の切迫だといっていいだろう。みんないずれ死に至り、どの死も平等ではあるが、未知のウイルスのパンデミックに世界規模で直面したとき、人々の心に巣食ったのは人間のもろさ、そして決して手なずけることのできない死の不条理であった。「戦争」とは、そうしたものもふくむ死への近接を意味する。いま本書を読めば、さらにひりひりと切実に感じられるのはそんなわけだ。

私たちは、なにかの出来事（パンデミック、震災、自然災害、難民となること、迫害されること……）が起きたとき、それが起きていなかった「まえの日」の平穏さを、詮無（せんな）いことと知りつつ懐かしんでしまう。あのときはなんと幸福だったのだろうと。それはつまり、私たちはつねに「まえの日」を生きているのだ、という感慨ともつながる。この平穏さは明日にはいきなり奪われるかもしれず、死は自分のあずかり知らないところでひたひたと近接してきているのかもしれないと、気づかされるのだ。

本書の狙いもきっとそこにある。日本で「戦争」ときくと、遠い歴史の遺物のように感じられるだろうが、戦争状態はそこここにあり、そしてきっと明日にもどこかがそうなる。それは自分と無関係な場所ではなく、すぐ隣かもしれないのだ。そうしたいまを、私たちは生きているのだと、『ある日 失わずにすむもの』はあらためて教えてくれる。戦争状態にまきこまれる「まえの日」に、安寧を求め、懸命に今日この日を過ごしている私たちの人生とはいったいなんであろうか――。問うても答えのない問いを抱えた私たちを、乙川優三郎さんは優しく包み込むようだ。マーキスやホセやシャオシアや千紘の物語は、ここにいるわたしやあなた自身の物語でもある。

二〇二一年一二月

この作品は2018年8月徳間書店より刊行されました。
なお、本作品はフィクションであり実在の個人・団体などとは一切関係がありません。

本書のコピー、スキャン、デジタル化等の無断複製は著作権法上での例外を除き禁じられています。本書を代行業者等の第三者に依頼してスキャンやデジタル化することは、たとえ個人や家庭内での利用であっても著作権法上一切認められておりません。

徳間文庫

ある日(ひ) 失(うしな)わずにすむもの

© Yûzaburô Otokawa 2021

2021年12月15日 初刷

著者 乙川(おとかわ)優三郎(ゆうざぶろう)
発行者 小宮英行
発行所 株式会社徳間書店
東京都品川区上大崎三－一－一 〒141－8202
目黒セントラルスクエア
電話 編集〇三(五四〇三)四三四九
販売〇四九(二九三)五五二一
振替 〇〇一四〇－〇－四四三九二
印刷
製本 大日本印刷株式会社

ISBN978-4-19-894696-8 (乱丁、落丁本はお取りかえいたします)

徳間文庫の好評既刊

乙川優三郎

ロゴスの市

1980年、大学のキャンパスで弘之と悠子は出会った。せっかちな悠子と、のんびり屋の弘之は語学を磨き、同時通訳と翻訳家の道へ。悠子は世界中を飛び回り、弘之は美しい日本語を求めて書斎へ籠もった。二人は言葉の海で格闘し、束の間、愛し合うが、どうしようもなくすれ違う。時は流れ、55歳のベテラン翻訳家になった弘之に、ある日衝撃的な手紙が届く。切なく狂おしい意表をつく愛の形とは？

徳間文庫の好評既刊

吉田篤弘

電球交換士の憂鬱

十文字扉、職業「電球交換士」。節電が叫ばれLEDライトへの交換が進む昨今、仕事は多くない。それでも古き良きものにこだわる人の求めに応じ電球を交換して生計を立てていた。人々の未来を明るく灯すはずなのに……行く先々で巻き込まれる厄介ごとの数々。自分そっくりの男が巷で電球を交換してる？　最近俺を尾行してる黒い影はなんだ？　謎と愉快が絶妙にブレンドされた魅惑の連作集！

徳間文庫の好評既刊

姫椿

浅田次郎

借金返済に行きづまり、自殺によって支払われる保険金で妻子を守ろうと決意した会社社長の高木。死に場所を探し求めるうちに懐かしい光景に遭遇する。二十年以上前、今の妻のアパートに転がり込んでいた時、二人で度々訪れた銭湯がまだあったのだ。その椿湯の暖簾をくぐると、番台の老人にあれこれ話しかけられ……。人間の再生と家族の絆を鮮やかに描いた表題作他、逸品ぞろいの名品集。